Frank Wedekind

Rabbi Esra

Salzwasser

Frank Wedekind

Rabbi Esra

1. Auflage | ISBN: 978-3-84609-585-0

Erscheinungsort: Paderborn, Deutschland

Erscheinungsjahr: 2014

Salzwasser Verlag GmbH, Paderborn.

Nachdruck des Originals von 1924.

Frank Wedekind

Rabbi Esra

Salzwasser

Frank Wedekind

Rabbi Esra

Frank Wedekind

Rabbi Esra

*

München bei Georg Müller
1924

Inhalt

Brettlieder

Die Liebe auf den ersten Blick

„Aber Sie kennen mich ja gar nicht. Ihre Zumutung hat etwas Beleidigendes. Sie sehen mich einen Abend in der Gesellschaft, erkundigen sich, wer ich bin, und am andern Tage kommen Sie und halten um meine Hand an. Mein Vater gilt für einen Millionär. Ich wünschte wirklich, es wäre anders; dann hätte ich Ursache, stolzer auf mich zu sein und auf die Huldigungen, die man mir darbringt."

Das junge Mädchen sah zu Boden im Bewußtsein, eine Kränkung ausgesprochen zu haben. Sie hatte sie nur deshalb ausgesprochen, weil ihr die Unterredung, so überraschend sie zustande gekommen, in der Tat nicht gleichgültig war.

„Sie sagen, mein Fräulein, ich kenne Sie nicht. Ich erinnerte mich auch wirklich kaum Ihres Namens. Und dennoch kenne ich Sie besser als irgend jemand, dem Sie bis jetzt in dieser Welt entgegengetreten. Das halten Sie nicht für möglich? Ich bin hergekommen, um es Ihnen zu beweisen. Es hat Ihnen wohl noch niemand gesagt, eine so sorgfältige Erziehung Sie genossen, daß es zwischen dem äußeren und dem inneren

Menschen keinen Unterschied gibt. Sie halten mich für eingebildet, wenn ich Ihnen erkläre, daß ich Ihr ganzes Wesen, Ihr ganzes Fühlen und Denken, Ihre Art zu lieben, zu leiden und sich zu freuen, aus Ihrer Erscheinung gestern abend erkannt, als das erkannt, was ich seit Jahren in dieser Welt suche und was ich so leicht nicht noch einmal wiederfinden werde. Das erklärt Ihnen, weshalb ich mich nicht einen Moment besonnen. Ich würde gestern abend mit Ihnen gesprochen haben, wären Sie nicht unversehens mit Ihrer Frau Mama aus dem Saale verschwunden."

„Wenn Sie mich schon nach drei Stunden so vollständig durch und durch erkannt, werde ich Ihnen wenig Kurzweil für ein ganzes langes Leben bieten können."

„Kurzweil ist es nicht, was ich bei Ihnen suche, mein Fräulein. Weiß Gott, es ist etwas anderes. Sehen Sie, ein Bauer heiratet eine Frau, die für ihn arbeiten kann, die ihm Geldeswert repräsentiert. Ein Müßiggänger heiratet eine Frau, bei der er Kurzweil findet. Ein Schöngeist heiratet eine Frau, die ‚ihn versteht', mag sie noch so einfältig an Geist sein, mag sie noch so wenig von der Welt verstehen, wenn sie nur *ihn* versteht. Er beansprucht einen durchaus nur relativen Wert bei seiner Frau, er sucht nur die Erhöhung der eigenen Persönlichkeit; sie muß ihn anbeten. Das alles sind Egoisten zweiten Ranges. — Wer da weiß, was eine Frau als Frau ist, was eine Frau in dieser Welt sein kann, der sucht sich das Herrlichste aus, was das Leben hervorbringen kann, um es sein eigen zu nennen; der sucht keine Frau, die zu ihm in irgend relativen Beziehungen steht, sondern die selber etwas ist: Entfaltung, Pracht, Größe, große Ansprüche und große Empfindungen, die Fähigkeit, in hohem Maße glücklich zu sein. Dann ist er seines eigenen Glückes gewiß. — Es beklagen sich so viele Menschen darüber, daß ihnen kein großes überwältigendes Glück zuteil wird, und wissen nicht, daß sie nur zu klein sind, um ein solches Glück im besten Fall empfinden zu können. Es gibt so viele Männer, die eine häßliche Frau einer schönen vorziehen, nicht aus Irrtum, aus Unwissenheit, sondern weil ihnen die Schönheit ein Greuel ist. Werden Sie, mein Fräulein, jemals Achtung vor einem Manne mit bescheidenen Ansprüchen hegen? — Sie kennen sich selber. Würden Sie jemals einen Mann lieben können, der sich mit weniger begnügt, als Sie selber sind?"

„Aber woher wissen Sie denn, daß ich all jene schönen, großen Eigenschaften besitze, von denen Sie vorhin gesprochen haben?"

„Das will ich Ihnen erklären, wenn Sie mir für einen Moment Ihre Aufmerksamkeit schenken. Es wird mich niemand besser begreifen als Sie. — Wenn Sie hinter jemandem hergehen, nachts, wenn es stockdunkel ist, meinetwegen bei Nebel und Regenwetter, und der Jemand vor Ihnen trägt einen Mantel bis auf die Füße, so daß keine Linie seiner Figur genau zu erkennen ist, so bleibt Ihnen immer noch etwas, wonach Sie den ganzen Menschen beurteilen können..."

„Seine Gangart!"

„Gewiß. Woher wissen Sie das?"

„Ich glaube nicht daran. — Aber es bleibt wenigstens nichts anderes."

„Sie werden daran glauben lernen, mein Fräulein. Der Gang eines Menschen ist nichts Zufälliges. Er ist aufs engste bedingt durch die Art und Weise, wie sein Körper gebaut ist. Und wenn man bei Ihrer Art, sich zu kleiden, den Körper eines Weibes niemals beurteilen kann, solange es ruhig vor einem steht, so sieht man sofort die präzisesten Proportionen und Konturen, wenn es sich drei Schritte vom Platze bewegt. Aber kehren wir zu jener nächtlichen Erscheinung zurück. Der Gang eines Menschen hat seinen Rhythmus, der sich in Worten nicht erklären, der sich nur empfinden läßt. Aus diesem Rhythmus gelingt es Ihnen bei einiger Übung mit Leichtigkeit, den ganzen Körper zu konstruieren. Sie wissen mit vollster Bestimmtheit, ob eine Renaissancefigur, eine Rokokofigur, eine klassische Figur oder eine Figur fin de siècle vor Ihnen hergeht. Sehr wesentlich dabei ist, ob die Bewegungslinie, vom Ohrläppchen bis zur Ferse hinunter als gleichmäßige Welle verläuft oder über der Hüfte abbricht. Wenn sie über der Hüfte abbricht, haben Sie keine einheitliche Natur vor sich, und es läßt sich das durch den faltenreichsten Mantel hindurch feststellen. — Wenn Sie sich nun über den Körper völlig klar geworden, denken Sie sich den entsprechenden Gesichtsausdruck hinzu, vor allem den Mund und die Nase. Man kann in der Tat aus dem Schritt einer Dame eruieren, ob sie eine Stumpfnase oder eine gebogene Nase, ob sie volle oder schmale Lippen hat. Und dann wissen Sie auch schon mit voller Bestimmtheit, ob die Dame, wenn sie Sie kennte, Sie verstehen und lieben würde oder nicht; ob die Dame Ihr Fall wäre, ob Sie sie lieben würden oder nicht. — Aus alledem erkennen Sie nicht, ob eine Prinzessin oder eine Bettlerin, eine Köchin oder eine Millionärin vor Ihnen hergeht, aber den Schlag des Menschen erkennen Sie daraus, äußerlich wie innerlich, und wissen dann, ob Sie es mit einer freien oder beschränkten, einer reichen oder einer armen Natur zu tun haben. Und wenn Sie dann Ihre Schritte beschleunigen, wenn Sie dicht an der Person vorbeigehen und ihr ins Gesicht sehen, dann werden Sie in soundso vielen Fällen finden, daß Sie ..."

„Sich getäuscht haben, mein Herr!"

„Daß ich mich getäuscht habe, mein Fräulein. Und dann weiß ich, daß ich an ein rasseloses Geschöpf geraten bin, das mich, ebenso wie hier, mein ganzes Leben hindurch täuschen, belügen und betrügen würde und bei dem für alle Liebesmüh nichts als Undank zu holen wäre; und ich gehe so rasch wie möglich meiner Wege. Denn von solchen Naturen, mein Fräulein, muß man sich fernhalten, mag man in der Welt anstreben, was man will; man wird immer nur Mißgeschick bei ihnen ernten. Die Sterne lügen nicht. Wo sie lügen, ist vor allem kein Himmel, sondern Teufelsspuk. Das ist das Charakteristische bei Menschen, welche Rasse besitzen, daß sie einheitlich sind in Seele und Leib, in Kopf und Gliedern, so daß sich aus einer Bewegung der Hand — wie Sie sie jetzt machen — das Gefühl im Herzen erraten läßt, daß sie aus einem Gedanken heraus geschaffen sind, daß sie Kunstwerke sind in dem Sinne, wie es jede große Kunstschöpfung sein soll. Ich würde mich ebenso in Sie, mein Fräulein, verliebt haben, wenn ich nur eine Bewegung Ihrer Hand oder Ihres Fußes gesehen, oder nur einen Brief von Ihnen zu Gesicht bekommen hätte, wie jetzt, wo ich Sie einen ganzen Abend lang beobachtet. Ich habe Sie gestern abend im Verkehr mit mindestens zwanzig verschiedenen Personen gesehen. Diese Menschen entziehen sich schließlich auch nicht meiner Beurteilung, und ich will Ihnen sagen, wenn Sie es wünschen, was Sie von jedem halten. Dann mögen Sie entscheiden, ob ich Ihre innere Natur, von der ich, wie Sie glauben, nichts ahne, richtig zu schätzen weiß oder nicht. Mir war jedenfalls jedes Ihrer Worte, das ich aus der Unterhaltung auffangen konnte, eine Bestätigung dessen, was mir Ihr königlicher Wuchs und die heroische Art Ihrer Bewegung auf den ersten Blick offenbart."

„Hm, Liebe macht blind."

„Die Liebe macht blind; aber wen, mein Fräulein? — Einen Mann, der nie aus beschränkten Verhältnissen herausgekommen, der Welt und Menschen nicht kennt und eine freie Wahl getroffen zu haben glaubt, wo er nur einem animalischen Instinkte unterliegt. — Wenn unsereiner sich verliebt, dann weiß er warum; dessen können Sie gewiß sein, und ich bin gewiß, daß Sie stolz darauf sein werden, daß Sie nicht zu den engherzigen Frauennaturen gehören, die auf die Vergangenheit eines Mannes eifersüchtig sind. Sie würden sich selber beschämt fühlen, einen Mann zu heiraten, der nicht einmal imstande wäre, Ihren Wert an demjenigen anderer Frauen, die er kennen gelernt, zu messen. Geliebt habe ich nur Sie, mein Fräulein, lange schon, ehe ich Sie kannte; ich wäre sonst wohl nicht sechsunddreißig Jahre alt geworden, ohne mich zu verheiraten. Wenige von Ihren Anbetern werden den nämlichen Vorzug für sich geltend machen können. — Und nun erlauben Sie mir noch einen letzten Beweis dafür, wie hoch ich Sie schätze, und daß ich keineswegs blind bin und mich in Ihnen nicht täusche: Sie sind ein mutiges, entschlossenes Mädchen; das ist in Ihren Augen zu lesen. Da, wo Sie einmal das Richtige erkannt, da zaudern Sie auch nicht lange, mit Ihrer ganzen Person dafür einzustehen. Sie lieben es, Ihr Leben zu wagen. Das ängstliche Zuwarten, sich nicht entscheiden zu können, guten Rat und Hilfe bei anderen zu suchen, ist nicht Ihre Sache..“

Fräulein Ellie, die einen Moment beide Hände vor dem Gesicht gehalten, erhob sich in ihrer ganzen Größe vom Sessel, schlang dem Besucher, der sich gleichfalls erhoben, ihren Arm um den Nacken und küßte ihn.

Das Spiel des Lebens war gewonnen.

Der Brand von Egliswyl

Im Kanton Aargau in der Nordschweiz liegen die Bergschlösser dichter beieinander als in Norddeutschland die Bauernhöfe. Jeder Berggipfel, jeder Vorsprung des Gebirges ist von einem alten Schloß oder doch wenigstens von einer alten Ruine gekrönt. Von einem Schloß aus kann man mit einem halbwegs gutem Fernrohr immer zwei oder drei anderen zu den Söllerfenstern hineinsehen. Im Umkreis von wenigen Meilen liegen da beieinander Wildegg, Habsburg, Bruneck, Casteln, Wildenstein, Lenzburg, Liebegg und Hallwyl. Das Schloß Lenzburg hatte mein Vater gekauft, als ich acht Jahr alt war. Das Städtchen Lenzburg hat aber außer seinem alten hohen Schloß noch eine andere, weniger erfreuliche Merkwürdigkeit. Es ist die nach neuestem amerikanischem Muster erbaute kantonale Strafanstalt. Wenn nun die Gutsbesitzer der Umgegend irgend schwere Arbeiten zu verrichten haben, so mieten sie eine Anzahl von Sträflingen aus der Anstalt, die sich an das ihnen aufgedrungene Heim zur Genüge gewöhnt haben, um keinen Fluchtversuch mehr befürchten zu lassen. Unter diesen Arbeitern finden sich nicht selten schwere Verbrecher.

Im Jahre 1876 war bei uns zu Hause dicht unter den Schloßfelsen ein großes Stück Matte abgerutscht und hatte die halbe Straße verschüttet. Es mußten zwanzig Fuß tiefe Dohlen und Senklöcher angelegt werden, um das Grundstück zu entwässern. Mein Vater wandte sich an den Strafhausdirektor, der ihm eine Anzahl seiner Zöglinge für die Arbeiten zur Verfügung stellte. Ein Aufseher aus der Anstalt begleitete sie. Übrigens war auch mein Vater von früh bis spät auf dem Platze. Da die Arbeiter nicht rauchen durften, gab er ihnen Kautabak. Eines Tages handelte es sich um eine lange Bleiröhre, die im Städtchen unten gekauft werden sollte. Mein Vater nahm einen der Sträflinge mit. Auf dem Heimwege holte ich ihn unten am Schloßberg ein. Ich kam eben aus der Schule und hatte den Tornister auf dem Rücken. So gingen wir zu dritt langsam den Berg hinan, in der Mitte mein Vater, trotz seiner sechzig Jahre noch frisch und rüstig, zu seiner Rechten der Sträfling in seinen blauen Zwillichkleidern mit einem von Bartstoppeln überdeckten verdüsterten Gesicht, die zusammengerollte Bleiröhre über der Schulter tragend; zu seiner Linken ich, den Tornister auf dem Rücken.

„Wie lange seid Ihr schon in der Anstalt?" fragte mein Vater den Sträfling.

„Sieben Jahr."

„Und wie lange bleibt Ihr noch?"

„Acht Jahr."

„Was hat Euch denn hineingebracht?"

„Ich bin Brandstifter," sagte der Sträfling.

„Ihr hattet wohl Schulden und wolltet die Versicherungssumme für Euer Haus einstreichen?"

„Ich hatte niemals ein Haus und niemals Schulden. Ich war Knecht. Aber — aber —"

Darauf erzählte er seine Geschichte. Er war aus dem Dorfe Egliswyl gebürtig, wo er auch sein Verbrechen begangen. Ich war damals höchstens zwölf Jahre alt, aber seine Erzählung machte einen derartigen Eindruck auf mich, daß ich mich heute, zwanzig Jahre später, noch jedes einzelnen seiner Worte erinnere.

„Die Amrain-Susanne," begann der Sträfling, „das war eine! Der hatte es unser Herrgott an nichts fehlen lassen, weder außen noch innen. An der hätte jeder, der Mensch ist, seine Freude gehabt. Freilich, sie war auch die Tochter vom Gemeinammann. Sogar in der Woche war sie immer gekämmt und gewaschen und trug ein weißes Hemd unter der Jüppe. Und ich war nur der Knecht, drüben beim Suter-Bauer und war von der Gemeinde verköstigt worden von Kind auf. Ich habe nie gewußt, wer meine Mutter gewesen ist, geschweige der Vater. Ich habe überhaupt nichts gewußt, nicht von Männern, nicht von Weibern, nur von Vieh, von Kühen, Kälbern: von denen habe ich gewußt, wozu sie in der Welt sind und wie alt sie sind, aber nicht von mir, bis es mir die Amrain-Susanne gesagt hat, der Vater habe gesagt, ich sei neunzehn Jahr und müsse in zwei Jahren zu den Rekruten. Sie holte den Wasserkessel vom Brunnen, und ich hielt die Bethi an der Halfter, weil der Milchbub zur Stadt gefahren war. Sie sah mich an, daß ich mich umwandte, weil ich dachte, sie meinte die Bethi, so groß waren ihre Augen. Du bist neunzehn Jahr, sagte ich ganz laut, wo ich die Bethi im Stall anband, und von da an ging es auch nicht mehr gut mit mir.

„Die Amrain-Susanne war die erste. Nie, so lang ich denken kann, hatte ich bis dahin gewagt, sie von vorne anzusehen. Ich glaube, ich hätte es nicht einmal im Traum gekonnt. Ich hatte sie immer erst angesehen, wenn sie wieder dem Haus zuging und mir den Rücken zukehrte. Und nun machte sie solche Augen. Am nächsten Abend sagte sie, ich solle am Sonntag zum ‚Egli' kommen. Ich sagte, ich habe kein Geld. Sie sagte, das macht nichts. Am Sonntag ging ich zum ‚Egli' und stellte mich an die Türe und sah, wie sie drinnen tanzten. Da kam die Amrain-Susanne mit ihrer Freundin, der kleinen Marianne, und sie zogen mich hinein. Zuerst mußte die Marianne mit mir tanzen. Anfangs wollte es nicht recht zusammen gehen; ich hielt sie auch nicht fest, aber sie war so klug, als wir dreimal herum waren, da ging es schon so feurig wie bei den anderen, die mit ihren Uhrgehängen rasselten, und da fühlte ich es auch schon deutlicher, daß es etwas ganz Besonderes mit mir war. Und da ließ die Amrain-Susanne ihren Buben fahren und nahm mich, warm wie ich war, der Marianne aus dem Arm und tanzte mit keinem andern mehr, bis es dunkel wurde im Saal. Nur zuweilen, wenn die Musikanten sich schneuzten, gab sie mir ein Glas Wein zu trinken, damit ich frisch blieb. Nachher drückte ich sie dann um so fester an mich, daß sie die Schultern zurückbog und mit den Schuhen nicht wußte wohintreten. Als der Tanz aus war, zog sie mich nach, an der Hand. Die Marianne mußte Streit anheben, daß niemand mitkam. Die Schuhe ließ ich auf der Straße, unter dem Brunnentrog. Der Gemeindeamman trank im ‚Egli'. Am Bett waren oben zwei Rosen gemalt. Als ich in unsern Stall zurückkam, und unsere fünf Kühe schliefen in der Reihe, da sagte ich mir selber: Es ist alles eins! Mensch oder Vieh — ich wollte nicht die Hand umkehren!

„Alle Nacht stieg ich zur Susanna zum Fenster hinein und heraus, und draußen sprang des Gemeindeammanns Barry an mir auf und leckte mir den Mund, ohne einen Laut in der Nacht. — Aber da war die Veronika, dem reichen Leser-Bauer die Tochter, ein stolzes Weibsbild, die war das erste Mädchen im ganzen Dorf. Am Sonntag gingen sie und ihre Gespaninnen das Dorf hinauf, alle in einer Reihe, daß kein Wagen nicht vorbei mochte, die Veronika in der Mitte, weil sie die größte war. Und wenn ein junger Bursche daherkam, dann sahen ihm alle sieben ins Gesicht, gerade in die Augen hinein, bis er vorbei war; und wenn er vorbei war, lachten sie, daß man es bei der Kirche oben hören mochte. Die Veronika hatte auch ihren Buben, schon seit einem Jahr. Aber der Weber-Ruodi hatte die Auszehrung seit dem Herbst. Er konnte nur mehr drei Tänze machen im ‚Egli', soviel Wein er auch trank. Dann stützte er die Ellbogen auf den Wirtstisch und sagte kein Wort. Wie mich die Veronika dann tanzen sah, die ganze Nacht durch mit der Susanne, ohne daß ich mich einmal zum Tisch setzte, da kam sie und bat die Susanne um einen Tanz mit mir, sie wollte mich ihr nicht abwendig machen. Die Susanne wollte nicht, aber ich wollte schon und tanzte mit ihr. Die Susanne lief hinaus. Draußen auf der Bank heulte sie. Und die Veronika lachte im Tanz, ich konnte ihr bis in den Hals sehen. Da spürte ich zuerst, wie heiß es in ihr war. Wo man die Veronika nahm, war alles fest, als hätte man sie für den Metzger den Winter gefüttert. Wäre es ein dreijähriges Kind gewesen, bei meinem Eid, ich hätte zwanzig Napoleon dafür lösen wollen. Wir kamen einander nicht aus den Armen und gingen heim, so wie wir getanzt hatten. Es schlug ein Uhr, da klopfte es an den Laden. Das ist der Weber-Ruodi, sagte sie und stand auf und sagte ihm Gutenacht zum Fenster hinaus, daß er nicht die Nachtbuben holte. Dann sagte sie, ich dürfe nicht mehr zur Susanne, und weil sie mir so lieb war, sagte ich ja. Aber am Tag drauf meinte ich, ich müsse doch zur Susanne gehen. Deshalb ging ich zur Susanne, als es Nacht war, und berichtete ihr alles. Da sagte sie, sie sei nicht wie die Veronika; ihrethalben dürfe ich zu jeder gehen, es sei ihr gleich; nur zu einer nicht, zu ihrer Gespanin, der kleinen Marianne. Und weil die Susanne so gut war, sagte ich ja. Aber am andern Tag dachte ich, es sei schlecht von der Susanne, daß sie mir verboten, zur Marianne zu gehen. Als dann aber unser Muni beschlagen wurde, weil Glatteis war und wir in den Wald fahren mußten, kam die kleine Marianne in die Schmiede und sagte, der Vater käme gleich, er braue noch einen Trank für dem Gemeindeammann sein krankes Roß. Da fragte ich sie, ob ich kommen dürfe. Die Marianne stand wie angefroren und sah nach dem Kohlenfeuer und ging leise die Treppen hinauf. —

Im ‚Egli', am Sonntag, gab es Streit zwischen der großen Veronika und der Susanne. Da tanzte ich den ganzen Nachmittag nur mit der kleinen Marianne. Und als der Tanz zu Ende ging, hatten sie sich wieder ausgesöhnt, und wir gingen zu vier nach Hause. Sie hielten mich in der Mitte, weil sie Angst hatten, ich könnte ihnen davonlaufen. So gingen wir auch am nächsten Sonntag durchs Dorf, und die Buben fluchten und verschworen sich, wie sie mich sahen, sie wollten mich erschlagen, und die Mädchen, die bei ihnen standen, lachten sie aus und staunten mich an wie ein Kamel, weil ich mit den drei schönsten Mädchen ging. Die Veronika, die Susanne und die Marianne sahen nicht nach rechts und nicht nach links. Untereinander diskutierten sie, es war wie drei Hanfrätschen, und dabei lachten sie, daß es das ganze Dorf hören mußte. Der Pfarrer kam daher durch den frischen Schnee und tat, als sähe er nichts. Nur mir sah er unter die Augen. Aber ich dachte, es ist der Neid, weil er schneeweißes Haar hat. — Die kleine Marianne hatte mich so lieb, sie hatte mir eine Tabakspfeife geschenkt. Ich aber zeigte die Tabakspfeife der Susanne, und die Susanne schenkte mir eine große Pelzmütze. Und ich zeigte die Pelzmütze der Veronika, und die Veronika schenkte mir eine silberne Uhr. — Und so kam es, daß, als man die Sommerfrucht säte, da tanzte kein Mädchen im ‚Egli' und keine ging in die Spinnstube, bei der ich nicht gewesen zur Nacht. Am Tag schaffte ich, daß es mir eine Freude war. Der Suter-Bauer hatte auch seine Freude. Alle staunten, wie ich in die Breite gegangen war seit einem Jahr. Ich hatte Schultern, man hätte mich können in den Pflug spannen, und nahm mehr auf die Hutte als der Müller-Werni am Bach, wenn ich schon alle Nacht aus war und er nicht. Und bäumige Arme hatte ich bekommen; und gescheidt war ich geworden, da fragte mich keiner mehr, wo Hüst oder Hott ist; dem hätt' ich's zeigen wollen! — Jetzt hat er das Maß, sagte der Suter-Bauer. Jetzt schicken sie ihn nicht zurück bei den Rekruten.

„Es war mitten im Sommer. Da machte ich die Stalltür auf in der Nacht, da stand die Suter-Bäuerin vor dem Stall. Hans, wohin willst du? — Kümmert Euch das, Bäuerin? — Hans, ich berichte es dem Suter-Bauer. — Da ging ich zurück in den Stall. Die Suter-Bäuerin war dreiundfünfzig Jahr alt. Ihr Gesicht war nicht wie Wiesenland; es war wie Ackerfeld. Aber ich sagte mir, es ist für die Amrain-Susanne, sonst macht sie dem Suter-Bauer Bericht. Die Bethi wandte den Kopf im Schlaf, aber die Suter-Bäuerin tat, als kenne sie die Bethi nicht. Ich aber sah ein Mal. Und ich sagte: Wenn Ihr dem Suter-Bauer berichtet, ich gehe aus bei der Nacht, dann berichte ich dem Suter-Bauer, Ihr habt ein Mal. — Da kam sie nie mehr in den Stall, und ich ging, wohin mich der Teufel trieb.

Und dann kam das Heuet, und dann kam die Ernte, und dann kam das Emd und dann kam die Weinlese, und an der Weinlese hat mich der Herrgott gestraft, daß ich mein Leben abkürzen sollte und zum Brandstifter werden. Dort drüben war es, auf dem Schloß Wildegg. Der Rebmann auf dem Schloß, weil er ein Egliswyler war, nahm die Leser und Leserinnen von Egliswyl. Es war ein reiches Jahr, das letzte, in dem ich Trauben in der Tanse getragen. Die Weinlese währte drei Tag. Wir waren sieben Mannsbilder und zwanzig Weibervölker. Und am dritten Tag, am Abend, da brachte der Schloßherr einen Zigeuner mit, der hatte eine Fidel, und da tanzten wir auf dem Rasen im Schloßhof. Die Schloßbuben hatten Laternen aufgehängt, und da kamen die Mägde aus dem Haus und tanzten auch mit. Da war eine, die war das Stubenmädchen, die war aus dem Schwabenland. Die war dünn und klein wie ein Kienspan, aber Augen hatte sie, die gingen mir ins Fleisch, daß ich sie nicht mehr vergaß, und ich sehe sie noch heute. Die tanzte nur einmal mit mir, aber als wir gingen, kam sie mit, mit der dicken Köchin, den Weg entlang und sang. Das hörte ich die ganze Nacht. Ich lag im Stall und schaute in die Laterne. Am Abend ging ich wieder nach Wildegg hinunter, weil eine Tanse vergessen war, und da kam das Stubenmädchen mit mir in den unteren Hof unter die Felsen und gab mir den Mund zum Küssen. Als ich ging, fühlte ich es hier, wo die Brust ist, da tat es weh, ich wußte nicht, was das ist, weil ich niemals krank gewesen war. So ging ich den zweiten Abend wieder hinunter und bat sie, ich wolle bei ihr sein bis am Morgen, aber sie sagte nein. Da habe ich geweint. Drei Tage ging ich nur auf das Feld hinaus, aber ich konnte nicht schaffen. Der Suter-Bauer sagte: Was ist dem Hans? Er ißt nicht, er trinkt nicht, er schafft nicht mehr. — Da ging ich wieder hinunter in der Nacht nach Wildegg. Bei jedem Schritt wurde mir besser. Das Schloßtor war zu, alles war finster. Da saß ich bis am Morgen und ging nicht mehr nach Egliswyl; ich verdingte mich unten im Dorf. Dann ging ich jeden Abend hinauf, wenn es dunkelte, und konnte ich nur einen Zipfel ihrer Schürze sehen, so wurde mir wohl. Unter der Woche fuhr ich mit einem Klafter Holz nach Lenzburg ins Städtchen. Da kaufte ich einen Ring, daß ich etwas hatte, wenn ich zu ihr kam. Sie lachte, als sie ihn nahm, und gab mir ihren Mund.

Dann sagte sie, ich dürfe übermorgen wiederkommen, wenn es dunkel sei. Und als ich den Berg hinunterging, da sagte ich mir: dort drüben liegt Egliswyl, und jetzt bist du ein guter Mensch, jetzt kann es dir nicht fehlen in diesem Leben. Geschafft habe ich die drei Tage, bis ich die Marie sah, das war ihr Name, der Bauer hatte nie einen solchen Knecht gehabt. Da kamen mir auch Gedanken unter dem Schaffen: Wenn du vom Militär kommst, dann trägst du jeden Rappen zur Sparkasse, bis es genug ist zu einem Strohhaus und einem Acker. Dann gehst du hinauf aufs Schloß und fragst die Marie, ob sie deine Frau sein will. Und wenn sie nein sagt, dann gehst du nach Amerika und heiratest nie. Aber sie sagt nicht nein, die Marie; das wäre schlecht, sonst müßte sie es gleich heute sagen und dir nicht sagen, du solltest übermorgen wiederkommen. So sagte ich am Morgen und am Abend zu mir, wenn ich dem Vieh im Stall frische Streu gab; und ich sagte zu dem Vieh, wenn es nicht beiseite wollte: Davon versteht ihr nichts. Das begreift ihr nicht in euren Köpfen. Es ist eben ein Unterschied, ob man Mensch oder Vieh ist!

„Jetzt habe ich sieben Jahre darüber nachgedacht, aber ich begreife noch nicht, was mich dort unten in die Anstalt gebracht, daß ich die schönsten Mannesjahre mir zur Schande schaffen muß und habe keinen Ertrag davon. — Die Marie war ein loses Geschöpf, und wie wir drei Wochen uns abgeschleckt hatten, unten, im unteren Hof, unter den Felsen, in Schnee und Kälte, da wollte sie es wärmer haben, und ich war ihr auch nicht böse darum. Da zeigte sie mir an dem Felsen, wo man hinaufklettern konnte, weil sie allein schlief in einem kleinen Gemach, unter dem großen Fenster, wo die Schloßfrau schlief, in den wilden Felsen gehauen. Und da stieg ich hinauf, in der Nacht, wie es zwölf Uhr schlug unten im Dorf, und bebte, daß nicht ein Stein ins Gebüsch herunterfiel und die Herrschaft oben erwecken könnte. — Die Marie machte leise das Fenster auf und machte es wieder zu. Dann gab es eine Stunde kein Wort. Und als ich von ihr ging, war sie noch ebenso, wie sie gewesen war, als ich zu ihr kam.

„Über die Felsen stürzte ich hinunter. Ich hatte kein Gefühl in Händen und Füßen. Und dann fühlte ich es hier oben, hier an der Kehle, als hätte ich einen Strick darum und würde gehenkt. Und vorn auf der Brust und im Rücken fühlte ich es, und dazwischen war es, als würde alles ausgerissen. Und vergiftet war ich in allen Adern von Fuß bis zu Kopf. Anfangs wollte ich mich ertränken, aber dann dachte ich: Nein, was denkt sie dann von mir! — Sie hatte nicht geweint und nicht gelacht. Sie war wie zu Eis gefroren gewesen. Und dann dachte ich an die Amrain-Susanne, an die Veronika, an die Marianne. Die sind schuld, sagte ich mir, die sind schuld! — Es war nicht wahr, das weiß ich, aber ich sagte es mir so, und lief hin, die Straße von Egliswyl.

Manchmal in der Anstalt ist es mir schon schlimm gewesen in den sieben Jahren, daß ich geheult habe und mich gekrümmt auf den Fliesen, bis sie mich eingesperrt haben, wo kein Licht und keine Luft ist. Aber dann dachte ich an jene Nacht zurück und sagte mir: sie mögen mit dir tun, wie sie wollen, Schlimmeres, als was du in jener Nacht erlitten, gibt es nicht auf Gottes Welt: und das hast du hinter dir. Hätte mich damals einer genommen und gebunden und über die Bank gelegt und geschlagen, ich hätte ihm dafür danken wollen. Aber da war niemand. Ich schrie und brüllte wie ein Tier im Schlachthaus, als ich über den Berg durch den Wald kam. Immer kam es wie Flammen über mich, immer brennender. Es war, als wäre ich in einem brennenden Haus. Zu den Fenstern, zu den Türen, wo ich hinsah, schlugen mir heiße Flammen ins Gesicht. Und unter mir glühte der Boden, wenn er schon gefroren war, daß ich stampfte und lief. So trieb es mich, anfangs wußte ich noch nicht, was tun, aber auf einmal ging es mir auf. Und da wurde mir besser, aber ich rannte nur weiter fort, ich dachte, der Tag könnte vorher dämmern. Da sah ich nur noch Flammen und Flammen. Über mir in den Bäumen brauste es. Es war der Biswind. Der kommt recht, sagte ich mir. Du mußt anfangen, wo der Wind herkommt, daß er es weiterträgt. Der Feuerweiher ist zugefroren, sagte ich mir. Das ist recht, das ist recht. Und als ich ans Dorf Egliswyl gekommen, da schlich ich links herum, weil von dort der Wind kam, und kroch in fünf Häuser außen unter das Strohdach und auf den Heuboden. Das dritte war dem Leser-Bauer sein Haus, und ich dachte an die Veronika, wenn sie nur mitverbrennt, und legte Feuer an. Dann lief ich zurück. Als ich hinauf an den Wald kam, leuchtete es schon auf, und ich wärmte mein Herz daran. Mitten im Wald war ich noch, da läuteten die Glocken im Städtchen Lenzburg, und auf dem Staufberg und drüben in Amriswyl. Und dann ging es Bumbum. Das war der Feuerwächter auf dem Schloß Lenzburg. Der schoß die Kanone los, und ich dachte, es hat gezündet, man wird es auf eine Stunde im Umkreis sehen. Als ich aus dem Wald kam, war auch alles rot, hinter mir am Himmel, und unten auf der breiten Landstraße hörte ich die Feuerspritze hinausrasseln. Die können lange spritzen, sagte ich mir, wenn sie kein Wasser haben, und rannte weiter nach Wildegg hinunter. An den Felsen kam ich hinauf, ich weiß nicht wie und klopfte leise ans Fenster. Da kam die Marie. Laß mich ein, sagte ich. Mach auf, Marie! Da machte sie auf. — Hast du gehört, es brennt! — Was brennt? Wo brennt es? — Siehst du es dort? Der ganze Himmel brennt! — O Gott im Himmel! — Es brennt! Das ganze Dorf brennt! Das Dorf Egliswyl! Das habe ich getan. Sieh, wie es leuchtet. An fünf Ecken habe ich es angezündet, Marie! Sieh hin, sieh hin!

„Aber sie war immer noch wie Eis. Es rührte

sie nicht. Weiß war sie im Gesicht. Sie kleidete sich an, so rasch es ging, und weckte das ganze Schloß. Und dann lief sie hinunter auf die Schreiberei, schellte die Leute heraus und sagte, sie wisse, wer das Dorf Egliswyl angezündet, und zeigte auf mich. Ich sei es gewesen. Ich habe mich bei ihr verbergen wollen, in ihrer Kammer; so verhaßt war ich ihr. Da kamen sie herauf mit der Zwangsjacke; ich stand noch immer am Fenster, sah, wie der Himmel immer noch röter und röter wurde, und hatte meine Freude daran. — Da nahmen sie mich und führten mich in den Schloßhof. Die Marie stand dabei. Gelacht hat sie nicht, das sah ich wohl, ich weiß nicht, warum nicht."

Wir waren oben am Berg angekommen, wo der Erdrutsch war. Drüben in der Entfernung von einer Stunde lag das Schloß Wildegg in warmem Abendsonnenschein. Die Fenster glitzerten. Mein Vater hätte mich während der Erzählung vielleicht gerne fortgeschickt, wenn auf dem Wege den Berg hinauf eine Veranlassung dazu gewesen wäre. Der Sträfling reckte seine knochige Gestalt und legte die Bleiröhre auf den Rasen. — Übrigens mochte mein Vater sich auch gesagt haben, ich verstände nichts von dem Gesprochenen. Tatsächlich ist mir das Verständnis auch erst viel, viel später aufgegangen. Der Sträfling mußte damals längst wieder in Freiheit sein.

Rabbi Esra

„Moses, Moses, du gefällst mir nicht. Warum willst du dich verloben mit zwanzig, wenn du erst willst heiraten mit fünfundzwanzig?" — Der alte Esra sah seinem Sohne zwischen den Wimpern durch, als wollte er im Innern des Kopfes eine kabbalistische Flammenschrift entziffern.

„Ich liebe Rebekka."

„Du liebst die Rebekka? Woher weist du, daß du liebst die Rebekka? Will ich dir glauben, daß du liebst einen kleinen Fuß, eine weiße Haut, ein bartloses Antlitz, aber woher weißt du, daß es ist die Rebekka? Hast du studiert das Römische Recht und das Christliche Recht, aber hast du nicht studiert die Frauen. Habe ich dich erzogen zwanzig Jahre mit Sorgfalt, daß du mir anfängst dein Leben mit einer Narrheit? Wieviel Frauen hast du gekannt, Moses, daß du kannst kommen zu deinem alten Vater und sagen, du liebst?

„Ich kenne nur eine, und die liebe ich von ganzem Herzen."

„Von ganzem Herzen, wie heißt? — Hast du kennen gelernt dein ganzes Herz?"

„Ich bitte dich ernstlich, lieber Vater, über meine Gefühle nicht spotten zu wollen."

„Moses, Moses, werd' mir nicht rappelköpfig. Ich sage dir, werd' mir nicht rappelköpfig. Laß dir erzählen eine Geschichte. Komm, setz dich zu mir, auf den samtenen Diwan. Will ich dir erzählen von meinem Vater, was er mir hat gesagt, als ich war zwanzig Jahre. Esra, hat er mir gesagt, wenn du heiratest, heirate eine reiche Frau. Laß dir sagen von deinem alten Vater, daß die Frau ist vergänglich. Aber so ein blanker Taler, Esra, der kann sich halten durch Generationen! — Habe ich mir gedacht, daß er ist ein alter Mann und habe ich ihm geschworen, daß meine Braut wird mitbekommen dreißigtausend Taler. Aber ich will dir erklären, Moses, warum ich sie habe geliebt, warum ich sie habe geheiratet, die kleine Lea, warum ich habe in Trübsal gelebt mit ihr, bis sie mir ist hingeschwunden wie der Schnee in der Hand. Weil ich nicht habe gekannt die Frauen, weil ich nicht habe gekannt den Esra, mich selbst.

„Moses, ich bin ein alter Mann und will von der Welt nichts mehr, als daß es dir möge gut gehen. Aber mit zwanzig Jahren, da war es in mir, wie in einem Hühnerstall in der Früh, wenn die Sonne aufsteigt. Wenn ich bin gegangen auf der Straßen und ist gekommen ein Christenmädchen oder eine von unserem Stamm, dann habe ich sie gefühlt in den Fingerspitzen und habe gewünscht, daß ich wäre gewesen der König Salomon mit fünftausend Weibern. Aber sie mußte geschaffen sein, als hätte sie gemacht der Herr für sich selbst, Moses, versteh' mich recht, mit allem angetan, was das Weib kann an Schätzen besitzen. Wenn sie war klein und blaß und dünn und flink wie eine Ratte, dann habe ich den Regenschirm gesenkt nach ihrer Seite, weil es mich hat in den Augen geschmerzt, sie zu sehen. Aber wenn sie war gewachsen wie Zedern auf Libanon, dann habe ich den Regenschirm gesenkt nach der anderen Seite, und habe ihr Bild mit nach Hause genommen und habe es geschaut über dem Talmud, und in den heiligen Worten habe ich gehört den Takt ihrer Füße. Und in der Nacht ist es zu mir gekommen und hat mich aufgesucht in meinen Träumen, das Bild — Gott der Gerechte, habe ich es vor mir gehabt, wie Moses, dem du dankst deinen Namen, auf Nebo, das Gelobte Land; hätte ich es können greifen mit Händen, habe ich gesehen Milch und Honig fließen und konnte nicht gelangen über den Jordan durch den Willen des Herrn.

„Aber da habe ich mir gesagt — Moses, kannst du dir denken, was ich mir habe gesagt? — Nu, habe ich mir gesagt, du bist ein Kind des Teufels, du bist es gewesen von Mutterleib. Wenn du wirst nachgeben deinen Gelüsten, wenn du wirst über den Jordan gehen, so wird dich treffen der Zorn, und du wirst sein ein Kind des Todes. Du sollst nicht gehen zu Weibern, die den Sinnen gefallen, sondern zu Weibern, die dem Herzen gefallen, wenn dein Fleisch nicht soll werden wie das Fleisch Hiobs, wenn das Werk deiner Tage und Nächte nicht soll werden verflucht, und wenn du nicht willst Gras fressen wie Nebukadnezar.

„Und da bin ich gegangen zum alten Hesekiel und habe ihm gesagt, er soll mir geben seine

Tochter Lea, und hab' ihm geschworen, ich wolle ihr legen die Händ' unter die Füß'. Sie war ein Mädchen, die Lea, wie ein Schatten auf einer Fensterscheibe, man hätte sie können nehmen als Lampenschirm, aber ich hab' sie geliebt, weil ich mir habe gedacht, sie wird mich erretten vor mir selbst, vor dem Teufel und vor dem Tod, den ich gefühlt habe Tag und Nacht über meinem Haupte. Anfangs hat sie mich nicht gewollt, denn ich war groß und breit, und sie war klein und dünn, daß sie sich hat geniert, mit mir zu gehen über die Straße. Aber weil kein anderer ist gekommen, hat sie mich genommen.

„Jetzt, Moses, höre von deinem alten Vater, wie unser menschlicher Verstand ist beschränkt und wie all unsere Einsicht ist eitel. Ich hatte die Süßigkeit der Liebe noch nicht gekostet, Moses, gerade wie du; ich war noch keusch wie der Tau auf Hebron, gerade wie du, wiewohl du hast studiert das Römische Recht und das Christliche Recht und hast vernachlässigt Moses und die Propheten. Aber als ich gekostet die Süßigkeit der Liebe mit Lea, da habe ich erkannt, daß sie ist eine Sünde vor dem Herrn, und habe dem Herrn gedankt, daß er mir hat gegeben ein Weib, das mich nicht läßt wandeln die Wege der Gottlosen. Hatte ich mir doch geträumt in meinen einsamen Nächten, daß die Liebe werde erfreuen den Leib als ein Labsal, und siehe, sie schmeckt nicht süßer, der Lea und mir, als wie die Medizin schmeckt dem Kranken. Und so nahmen wir sie, wie man nimmt Medizin, mit geschlossenen Augen und Würgen im Hals und nicht mehr, als der Arzt hat verschrieben. Und wenn es war durchgekostet, dann fühlte man sich gerichtet vor Gott und verdammt und wich sich aus wie Diebe bei der Nacht, die einander betroffen bei teuflischem Werke. Da habe ich mir gesagt: Du hast recht erkannt, Esra, daß die fleischliche Liebe ist Satansdienst und nicht würdig, daß der Mensch ihrer obliege. — Aber, Moses, glaub' deinem alten Vater, ich war nicht glücklich.

„. . .ich war nicht glücklich, Moses, mein Sohn, der Herr ist mein Zeuge; denn ich konnte so wenig reden mit meiner Lea, wie ich kann reden mit meinem Kleiderstock oder wie ich kann reden mit meinen Fingernägeln. Ihre Gedanken waren nicht meine Gedanken, weil meine Gedanken sind meine Gedanken, und weil sie hat keine gehabt. Da habe ich mich gewendet in die Einsamkeit, und die Einsamkeit war gesprächiger als meine Lea, und habe mir gesagt: Esra, habe ich mir gesagt, du hast gekauft eine Katze im Sack; auf dein Haupt die Verantwortung. Du hättest sie können prüfen, habe ich mir gesagt, ob ihr Geist ist geschaffen für deinen Geist, ob ihr Herz ist der Bruder zu deinem Herzen. Laß sie nicht merken, Esra, daß du hast gekauft eine Katze im Sack, denn sie ist unschuldig wie das Lamm, das zur Tränke geht. Warum hast du nicht ebenso sorgfältig ausgesucht, als du dir genommen eine Frau, wie du aussuchst, wenn du gehst in den Laden und kaufst dir für eine Mark zwanzig eine Krawatte?!

„So habe ich gelebt mit ihr und gelitten und geschwiegen zwei Jahre und habe sie immer noch geliebt, meine kleine Lea, weil sie mich hat gefeit gegen die Verlockungen des Fleisches, bis sie mir hätte sollen schenken ein Knäblein und hatte nicht Raum dafür, und es dem Herrn hat gefallen, daß er sie hat von mir genommen, samt meinem Kind.

„Moses, da war mir, alles hätte man mir ausgebrannt mit glühenden Eisen die Eingeweide aus meinem Leib, als wäre niedergebrannt und ausgestorben die Erde, als wäre ich allein geblieben, zu tragen den Fluch. Da habe ich mich empört wider Jehova, da habe ich geschrien: Verflucht sei dein Name! Warum hast du mir genommen ein Weib, das ich mir habe gewählt, um dir zu dienen! Bist du geschlagen mit Dummheit, daß du zerschmetterst dein Kind und verschonst deine Feinde! Kannst du nicht nehmen das Lamm dem Reichen; muß du es nehmen dem Armen, dem es ist gewesen sein alles! Verflucht sei dein Name! Mußt du mich preisgeben der Anfechtung, mußt du mich stoßen hinaus in Versuchung und Sünde, mußt du mich wieder lassen kommen in die Hände der Gottlosen, nachdem ich mit Mühe und Not meine Seele geborgen vor deinem Zorn! Verflucht sei dein Name! Verflucht sei dein Name! Auf dein Haupt meine Verdammnis! — Und da bin ich gegangen, meinen Jammer zu erwürgen, zu den Töchtern der Wüste. Ja, Moses, daß du es weißt, ich bin gegangen zu den Töchtern der Wüste. Nicht daß ich dir sage, Moses, mein Sohn, daß du sollst gehn zu den Töchtern der Wüste. Mach's, wie du willst. Aber ich, dein Vater Esra, ich bin gegangen zu den Töchtern der Wüste. Und wie ich bin gegangen, da habe ich Jehova geflucht: Du, Herr, bist schuld, daß ich gehe, meinen Jammer zu erwürgen, zu den Töchtern der Wüste. Warum hast du mir genommen meine Lea!

„Und nun, Moses, sperr deine Ohren auf, auf daß du mich recht verstehst. — Habe ich gekostet von Christenmädchen, habe ich gekostet von Judenmädchen, habe ich gekostet von den Töchtern Hams. Habe ich nicht ausgesucht, was meinem Herzen war gefällig; habe ich ausgesucht, was meinen Sinnen war gefällig, weil ich war gekommen, zu erwürgen meinen Jammer, weil ich war gekommen, zu vergessen meine Lea. Habe ich mir ausgesucht, was da war gewachsen wie Zedern auf Libanon, was da war angetan mit allem, was ein Weib kann an Schätzen besitzen. Und habe ich gefunden, daß, je mehr sie hat behagt meinen Sinnen, desto verständiger konnte ich reden zu ihr, desto verständiger hat sie geredet zu mir, desto freundlicher ist sie gekommen, desto mehr hat sie behagt meinem Herzen. Und habe ich gefunden, Moses, mein Sohn, daß, je mehr sie hat behagt meinen Sinnen, desto weniger hab ich gespürt von Sünde, desto gerechter ist mir geworden zumut, desto näher habe ich mich gefühlt dem Allmächtigen. Moses, und wenn du mir bötest eine halbe Million, ich möchte sie nicht nehmen um diese Erkenntnis.

Nein, ich möchte sie nicht nehmen, denn die Erkenntnis trägt Zinsen zu zwanzig Prozent, zu dreißig Prozent, zu hundert Prozent; und die Zinsen sind Kinder und Kindeskinder. Kann man unglücklich sein mit einer halben Million, aber kann man nicht unglücklich sein mit der Erkenntnis, daß die fleischliche Liebe nicht ist Satansdienst, wenn der Mensch die Pfade wandelt, die ihm der Herr gewiesen, weil er zwei Menschen hat füreinander geschaffen außen und innen, an Leib und Seele.

„Bin ich hingegangen, bin ich zusammengebrochen, hab' ich mich geschlagen vor die Brust, habe ich geschrien: Herr, Herr, ich habe deinen heimlichen Rat gehört. Fängst du die Weisen in ihrer Listigkeit, daß sie des Tages in Finsternis laufen und tappen im Mittag wie in der Nacht! — Und dann bin ich gegangen, Moses, und hab' mir ein Weib gesucht mit all meinen Sinnen. Hab' ich gefunden Sarah, die Tochter Mardochais, herrlich anzuschauen, wie die neugeschaffene Erde, und sie ist geworden deine Mutter. Habe ich ihr geprüft Herz und Nieren, und habe ich gefunden, daß ihr Herz ist der Bruder zu meinem Herzen. Und in der Hochzeitsnacht, Moses, mein Sohn, in der Nacht, der du dankst dein Leben, da habe ich erkannt, daß ihr Leib war der Zwilling zu meinem Leib; und habe gelobt den Herrn, dessen Geist nicht lügt, dessen Wahrheit offenbart ist in seinen Werken." —

Rabbi Esra wischte sich den Schweiß von der Stirne und atmete schwer. Moses schlich gesenkten Hauptes von hinnen.

Der greise Freier

Leonie Fischer war eine feine Natur. Ihre Züge waren eher süß als schön zu nennen. Der Reiz lag in dem Ausdruck der Augen und in den etwas emporgezogenen Mundwinkeln. Der Menschenkenner, der sie sah, mußte sich aber sagen, daß das keine vergänglichen Reize waren, sondern daß die alte Frau in weißem Haar noch ebensosehr dadurch auffallen werde, wie es jetzt das junge Mädchen tat. Von vollendeter Schönheit war ihre Kopfform und der eigentümliche Ansatz der glänzend schwarzen Haare, die sich dicht an den Kopf anschmiegten. Ihre Büste war knospenhaft, ihre Hüften hätten stärker sein können, aber ihr Schuhwerk trug die Nummer 36 und ihre Hände wären jedenfalls hübsch gewesen, wenn sie nicht, seit sie die Schule verlassen, zu Hause die Wirtschaft geführt, gekocht, geputzt und gewaschen hätte.

Leonie Fischer war eine von jenen Naturen, die sich in allen Lebenslagen und unter Menschen jedes Standes zurecht finden, die niemals anstoßen, dank einem angeborenen feinen seelischen Takt und einer selbstlosen Denkungsart; eine von jenen Naturen, die immer mit anderen empfinden und die nur glücklich sein können, wenn es ihre Umgebung ist.

Leonie Fischer hatte seit ihrem fünften Jahr keine Mutter mehr und war nie aus dem kleinen Städtchen Lenzburg herausgekommen. Ihr Vater stand den Tag über in seinem Spezereiladen und abends saß er mit einigen griesgrämigen Graubärten in einer der unzähligen Wirtschaften um einen runden, spärlich erleuchteten Tisch herum und kam nie vor elf Uhr nach Hause. Seit ihre ältere Schwester tot war, hatte das Mädchen fast jeden Abend zu Hause allein zugebracht mit einer feinen Häkelei und einem Buch aus der Stadtbibliothek und hatte sich nie gelangweilt. Schon mit siebzehn Jahren hätte sie sich sehr gut verheiraten können. Ihr Vater hatte damals mit der Faust auf den Tisch geschlagen und sie eine verdrehte Fratze genannt, weil sie die Partie ausgeschlagen. Aber sie hatte nur ruhig vor sich hingelächelt; sie wartete bis der Rechte kam, sie war nicht für das Herumprobieren. Und als der Rechte kam, da besann sie sich auch nicht erst lange, sondern griff gleich mit beiden Händen zu. Er war von mittlerer Statur, fünfunddreißig Jahre alt, hatte einen elastischen Gang, ein einträgliches Geschäft und, was seiner Braut beinah die Hauptsache war, er verstand es, wenn es ihr gerade darum zu tun war, ernst zu sein, und sie konnte mit ihm ruhig über Dinge reden, die weder mit seinem Geschäft noch mit der Spezereihandlung ihres Vaters in Beziehung standen.

Das junge Paar machte seine Hochzeitsreise an den Gardasee. Da saßen sie am Nachmittag im Sonnenschein nebeneinander auf der Veranda, sprachen wenig, schämten sich ein wenig ihrer Mattigkeit und waren mit vollem Herzen dem Augenblick für seine Schönheit dankbar. Leonies feine Mundwinkel verzogen sich zu einem Lächeln, so oft ihre Augen denen ihres Gatten begegneten. Er warf ihr dann einen strengen Blick zu, darauf wurde sie jedesmal rot bis unter die Haare, und dann sah er sie so hilflos flehentlich an, als wollte er sie um Verzeihung bitten. Der Schluß war immer der, daß sie ihre Hand in die seinigen legte und mit warmer Empfindung von ihm kajolieren ließ. So ging es täglich bis Sonnenuntergang. Leonie genoß ihr junges Glück ohne Ziererei, in absoluter Hingebung, aber auch ohne Urteil, ohne jedes Ansehen der Person. Sie liebte vorderhand nur die Liebe, und nur manchmal freute sie sich im stillen für die Zukunft darüber, einen so liebenswürdigen, braven Lebensgefährten gefunden zu haben. So hatte sie es sich auch erträumt, während all der Jahre, wenn sie abends allein zu Hause saß. Als sie vor dem Altar neben ihrem Erwählten das Ja aussprach, hatte sie sich im stillen das Versprechen gegeben, nie jemand anders als nur sich selbst dafür verantwortlich machen zu wollen, ob sie glücklich werde oder nicht. Und außerdem hatte sie inbrünstig zum Himmel gefleht, ihr und den Ihrigen seine schweren unvorhergesehenen Schicksalsschläge ersparen zu wollen.

Es war ruhig geworden in dem großen Hotel.

Die Zimmertüre war fest verriegelt, die schweren grünen Vorhänge waren geschlossen, auf dem Tisch brannte die Nachtlampe; Mitternacht war längst vorbei und das Pärchen konnte den Schlaf nicht finden. Das kam jedenfalls, weil man sich tagsüber so wenig Bewegung machte, und weil man nach dem Abendessen noch eine Tasse Kaffee getrunken hatte. „Wie kommt es," sagte der junge Mann im Flüsterton, „daß du mit deinen zwanzig Jahren und mit der Leidenschaft, die du in dir hast, sonst immer so ruhig bist. Wenn man dich draußen im Leben sieht, wie du sprichst und wie du dich benimmst, möchte man glauben, du wärest früher schon einmal auf der Welt gewesen. Andere Mädchen in deinem Alter sind immer gleich aus dem Häuschen, und du wirst nur immer stiller und gefaßter, wenn dir etwas Unangenehmes in den Weg kommt."

„Vielleicht kommt es von dem, was ich als Kind durchgemacht," sagte das junge Weib. In ihren Augen spiegelte sich ein feiner Lichtschimmer. Sonst war alles Nacht umher.

„Was hast du denn durchgemacht?"

„Als meine Schwester starb. Habe ich dir das nie erzählt?"

„Nein. Ich erinnere mich wenigstens nicht."

„Du hast ihre Photographie gesehen. Sie war beinahe einen Kopf größer, als ich jetzt bin, und viel kräftiger, am ganzen Körper. Sie hatte Arme, daß ich sie mit beiden Händen kaum umspannen konnte. Aber sie war gar nicht plump oder schwerfällig. Sie war gelenkiger als ich, und wenn sie ging, dann sah es aus, als ob sich der Boden bei jedem Schritt ihrem Fuß anschmiegte. Das kam vielleicht, weil sie so volle, breite Hüften hatte. Das Schönste an ihr war der Hals. Wenn ich jetzt an sie zurückdenke, sehe ich immer zuerst ihren schönen runden Hals und die runden Schultern darunter. Aber sie war als Mädchen schon so stark, wie es sonst eine Frau erst wird, wenn sie zwei oder mehr Kinder gehabt hat. Kein Mensch hätte gedacht, daß sie sterben müßte. Nur sie selber, sie machte sich immer die schrecklichsten Gedanken, soweit ich mich erinnern kann. Das stand ihr auch in den Augen geschrieben. Wenn man sie ansah, glaubte man, im nächsten Augenblicke kommen ihr die Tränen. Sie erzählte einem lange Geschichten von einem Unglück, das geschehen sei, oder das kommen werde; und wenn man nachher ruhig darüber nachdachte, so war nichts, aber auch gar nichts daran. Immer war sie aufgeregt und scheu. Vor lauter Angst, vor Unglück und Tod fand sie eigentlich nie recht den Mut, auf der Welt zu sein, bis ganz zuletzt, da kam es ihr anders. Aber das war es eben auch, was ihr nie Ruhe gelassen. Sie hatte kaum lange Kleider bekommen und war konfirmiert worden, da dachte sie schon immer nur an das eine: wie und wann sie sich verheiraten werde. Und dabei hatte sie so eine Ahnung, ich weiß nicht woher, daß es niemals kommen werde, daß sie es nicht erleben würde, daß sie vorher fort müßte. Das war auch der Grund von allem, was sich schließlich zutrug.

Ich erinnere mich, fuhr Leonie fort, ich war vielleicht zehn Jahr alt, da schliefen wir zusammen in einem Bett. Neben dem Bett stand die Wiege, in der meine Puppe schlief, und im andern Bett schlief die Lisbeth, unsere alte Magd. Lisbeth schnarchte so laut, daß wir oft beide mitten in der Nacht erwachten. Dann sprachen wir leise im Dunkeln, gerade so, wie wir jetzt sprechen, nur daß wir kein Himmelbett hatten. Und einmal, da fragte mich Klara, wenn ich mich einmal verheirate, wie mein Mann dann sein müsse. Ich hatte noch gar nie darüber nachgedacht. Ich sagte, ich weiß es nicht. Da erzählte sie mir von sich, sie wünsche sich einen, der müsse breite Schultern haben und groß gewachsen sein. Er müsse eine gerade kurze Nase haben, darunter einen kleinen blonden Schnurrbart und schöne blendendweiße Zähne. Er müsse das Haar kurz geschoren tragen und dürfe keine großen Ohren haben, aber seine Beine müßten schön sein, und er müsse hohe Stiefel tragen mit großen Sporen. Sie erzählte mir die halbe Nacht von ihm. Wir suchten unter unseren Bekannten, aber da war keiner, der ihr stattlich genug gewesen wäre. Und schließlich sagte sie dann, indem sie ihre Stirne an meine Brust drückte und ordentlich schluchzte: „Ich glaube, daß ich einmal einen alten Mann von fünfzig oder sechzig Jahren heiraten muß, einen, der keine Zähne mehr im Munde hat, und der bei jedem Wort, das er sagt, grinst und hustet. O Leonie, Leonie, wenn du wüßtest, wie ich mich davor fürchte, wie mir graut!" — Ich fühlte, sie hatte alles Blut im Kopf, und ihre feisten Arme waren heiß wie Feuer. Sie war damals erst ein Jahr aus der Schule.

Und in einer anderen Nacht, als Lisbeth wieder so fürchterlich schnarchte, daß der Ofen zitterte, da erzählte sie mir dann alles, wie es einem ergeht im Leben, warum man sich verheiratet, und weswegen wir Mädchen nicht ebenso gekleidet gehen, wie ihr Männer. Ich fand das alles ganz natürlich, aber sie machte eine große unheimliche Geschichte daraus. Sie konnte kaum reden, und ich hörte, wie ihr unter der Decke das Herz klopfte. Ich hatte noch nichts davon gewußt, aber ich hatte mir auch nie irgend etwas Unnatürliches gedacht.

Als sie dann drei Jahre später aus dem Welschland zurückkam — sie war derweil wirklich ein sehr schönes, prächtiges Mädchen geworden, abgesehen von ihrer Korpulenz — da machte ihr aber weiß Gott gleich ein alter Mann, es war der alte wackelige Gerichtsschreiber, der uns schräg gegenüber wohnte, einen Heiratsantrag. Vier Wochen lang konnte sie sich vor dem Entsetzen nicht erholen. Sie ging nicht aus, sie sprach nicht, sie schlug die Augen nicht auf, sie sah niemandem mehr ins Gesicht. Es war beinahe, als wollte sie den Verstand verlieren. Der Gerichtsschreiber war sonst ein sehr geachteter Mann; meine Liebe freilich wäre er auch nicht gewesen. Er erzählte dem Vater, er hätte die Klara gern zur Frau gehabt, weil sie die Lippen nie ganz geschlossen halte; sie müsse viel Gemüt haben. Darin hatte er auch recht. Sie hatte ihn zuerst ganz freundlich empfangen. Als sie dann aber gemerkt, was er ihr zumutete, da hatte sie nur so herausgeheult und Gliederkrämpfe bekommen. Wir mußten ihr den ganzen Tag Eisumschläge machen.

Im darauffolgenden Sommer kam Rudolf Elsner nach Lenzburg. Das war wirklich, wie wenn der Himmel zwei Menschen zueinander geführt hätte, die jeder extra nur für den anderen geboren und herangewachsen waren, und die sonst vielleicht die halbe Welt hätten absuchen können, ohne zu finden, was für sie das Richtige war. Sie war ihm zuerst in der Vorstadt begegnet, als sie zum Baden ging; aber gleich war es ihr auch aufgegangen wie ein Nordlicht. Sie hatte kaum einen Schritt weiter können. Sie erzählte es mir, als wir am Abend allein waren; im ganzen Körper hätte sie gefühlt, wie ihr das Blut hinauf und hinunter wallte. Als sie zum Abendbrot heimkam, hatte sie sich nur über das Wasser im Bach beklagt; es sei so lau und trocken gewesen. Dabei war es elf Grad.

Es wurde ihr furchbar schwer, sich nichts merken zu lassen; aber ihm war es mit ihr nicht besser gegangen. Am nächsten Mittag kam er schon und kaufte Zigarren. Klara und ich standen oben am Fenster. Es war ein wahrer Herkules; seine Brust war so voll und gewölbt, man hätte mit einem Steinwagen darüberfahren können; die Knie drückte er durch, wir hörten seinen Schritt drüben vom Rathaus zurückhallen; Schnurrbart hatte er noch nicht, er war erst dreiundzwanzig Jahr alt; um so besser sah man den breiten vollen Mund, nicht viel Lippen, aber Ausdruck darin. Als er durch das untere Tor ging, bückte er sich unwillkürlich; von hinten war es, als sähe man seine Arme durch die Rockärmel durch. Den Hut trug er hinten auf dem Kopf; das war das einzig Nachlässige an ihm; darunter glänzte sein weißer Nacken. Sein Kopf war gedrungen, aber elegant und beweglich; er trug ihn nicht starr zur Erde wie ein Stier, sondern hoch und stolz wie ein Löwe. Er hatte eben seinen Militärdienst gemacht, ich glaube, die Offiziersschule, er war bei der Artillerie; und nun war er als Kommis in der Eisenhandlung neben dem unteren Tore eingetreten. — Ich bebte vor bangem Entzücken, als ich Klara so völlig selbstvergessen und schweratmend neben mir stehen sah. Ich war noch durchaus Kind, aber ich darf wohl sagen, als sie sich vierzehn Tage darauf heimlich verlobten, da habe ich mich gewiß mindestens ebensosehr darüber gefreut, wie sie selber.

Sie trafen sich am Postschalter, er schrieb eine Postkarte, sie wollte auch eine schreiben, er gab ihr die Feder, dann hatten sie sich verlobt. Geredet hatten sie kaum ein Wort. Er hatte sich auf die Lippen gebissen und ihr in die Seele hinuntergesehen; sie hatte es ebenso mit ihm gemacht, womöglich noch leidenschaftlicher, und dann war alles im klaren und abgemacht, so fest wie der Himmel über der Erde gebaut ist. Sie kam nach Hause, kniete am Sofa nieder, heulte und schrie vor Glück und schlug mit den Füßen auf die Dielen.

Öffentlich verloben konnten sie sich noch nicht. Es ging nicht, weil er erst Kommis war; aber er hatte Aussicht, sich als Kommanditär in der Eisenhandlung zu beteiligen. Sein Vater war ein sehr reicher Müller, und Klara bekam ja auch Geld mit; aber sie mußten wenigstens noch ein Jahr warten. Und nun gingen wir jeden Abend, wenn die Eisenhandlung geschlossen wurde, zusammen hinaus in den Wald, Klara und ich, nach dem Römerstein. Sie mußte mich mitnehmen, weil ihr sonst andere Mädchen nachgelaufen wären, um zu sehen, wohin sie ging. Und da küßten sie sich dann eine Stunde lang, bis zum Abendessen. Ich saß immer daneben; Klara hatte mir befohlen, sie nie einen Augenblick mit ihm allein zu lassen, und ich glaube, er war ihr aufrichtig dankbar dafür; wenigstens verstand er sie; sie wollten sich ihr Liebesglück ungefährdet bewahren. Aber für mich war es keine Kleinigkeit, Abend für Abend mit anzusehen, wie sie beide rot im Gesicht wurden und zu zittern begannen und eine Stunde lang kein Wort sprachen und dabei so ernst und unheilvoll aussahen wie die Wolken, aus denen der Blitz durch den Himmel fährt. Rudolf, wenn er sich einmal umwandte, sah immer freundlich zu mir herüber. Ich hatte mein deutsches Lesebuch mitgenommen, aber manchmal schwirrten mir die Buchstaben durcheinander. Wenn ich dann zu Klara aufsah, trocknete sie sich die Tränen aus den Augen. — Oft, wenn wir heimgingen, hatte ich tiefes Mitleid mit ihr, aber ich war so andächtig, ich wagte nichts zu sagen. So ging es ein volles Jahr, bei Sonnenschein, bei Regen und im Schnee. Im Winter zerriß mir einmal der Rock, als ich von der Bank aufstand; ich war angefroren, während neben mir, über Rudolf und Klara, der Reif von den Zweigen taute.

Als der nächste Sommer zu Ende ging, im September ungefähr, reiste Rudolf dann auf einen Tag nach Hause und machte alles mit seinem Vater ab. In sechs Monaten wollte ihm sein Vater das Geld geben, daß er als Teilhaber ins Geschäft treten könne. Das wäre also im Februar gewesen; dann dürfe er Klara heiraten und eine Reise mit ihr nach Italien machen. Sofort wurden Karten verschickt, ganz Lenzburg gratulierte, und Klara fand ein wenig Zerstreuung dabei. Es erschien ihr das alles so komisch, daß sie manchmal ebenso fröhlich und munter wurde, wie es andere Mädchen in der Brautzeit sind. Aber nun kam er jeden Abend zu uns ins Haus. Der Vater saß im Wirtshaus, und ich machte meine Schulaufgaben. Sie gaben sich alle Mühe, nicht mehr so aufgeregt zu sein; über das Küssen waren sie hinaus, es war doch nicht mehr das gleiche wie zu Anfang; sie waren gescheiter geworden, und die Hochzeit rückte ja mit jedem Tage näher. Sie verschlangen sich nur schon gegenseitig mit den Augen; ich sehe sie noch einander stumm gegenübersitzen, sie im Sofa und er auf dem Taburett ohne Lehne, aufrecht, regungslos, wie auf Kohlen. Manchmal sah ich von meinem Platz aus unter den Tisch, weil ich erst gar nicht daran glauben konnte, daß das Wetter so ruhig geworden, aber auch da war nichts. Ich erzählte, um ihnen die Zeit zu vertreiben, von dem, was ich gerade las, bis ich merkte, daß mir niemand zuhörte. Da schwieg ich auch und schrieb meinen Aufsatz. Es war totenstill. Man hörte nur die Lampe und meine Feder und das Atmen.

. . . am ersten Dezember bekam Klara einen furchtbaren Anfall. Es war gleich nach Tisch. Die Sinne vergingen ihr, ihr Gesicht und ihre Hände wurden blau, wie mit Tinte übergossen, von Atmen merkte man nichts mehr und ihr Herz klopfte so, daß man es, trotzdem sie so stark war, durch das Kleid durchsah. Den ganzen Vormittag hatte sie gefürchtet, an ihrem Hochzeitstage werde Krieg ausbrechen, weil Rudolf dann hätte mit der Artillerie reiten müssen. Ich knöpfte ihr die Taille auf und öffnete ihr das Korsett, aber es half nichts. Als der Doktor kam, hatten wir sie schon zu Bette gebracht. Er sagte, sie habe einen schweren Herzfehler. Er gab ihr etwas, daß sie wieder zu sich kam. Ihr erstes Wort war, als sie die Augen öffnete: „Leonie, o Leonie, ich muß sterben!“

Am Abend kam der Doktor wieder; Rudolf und ich standen an ihrem Bett; er wußte, daß Klara und Rudolf verlobt waren. Als er fortging, sagte er mir, unter keinen Umständen dürfe ich Rudolf wieder zu ihr hinauflassen; es rege sie zu sehr auf, er habe es gesehen; der ganze Anfall rühre überhaupt nur von der entsetzlichen Aufregung her, in der sie sich befinde; wenn ich ihn nochmal vor ihr Bett lasse, so könne es ihr Tod sein. Dasselbe sagte er dem Vater unten vor dem Laden. Ich wurde beauftragt, es Rudolf mitzuteilen. Natürlich ging ich am andern Tag nicht zur Schule.

Die alte Lisbeth war fort, seit Klara aus dem Welschland zurückgekommen und in der Wirtschaft mithelfen konnte. Seitdem hatte ich das Bett, in dem die Lisbeth geschlafen, seit die Mutter tot war. In der ersten Nacht stand ich jede Stunde auf und legte Klara frische Eisumschläge auf ihr Herz. Am andern Tag, als es nicht besser werden wollte, nahmen wir eine Krankenpflegerin an, die den Tag über dablieb und auch in der Wirtschaft mithalf, damit ich die Schule nicht zu versäumen brauchte. Rudolf war wie in Stein verwandelt, als ich ihm sagte, daß er nicht zu ihr dürfe; er entgegnete keine Silbe; mir war, als hätte er mich gar nicht verstanden. Früh am Morgen, am Mittag und am Abend kam er dann in den Laden und fragte, wie es ginge. Es ging nicht gut. Klara hatte die ganze Nacht hindurch Atemnot und schlief keine Minute. Immer erst am Vormittag kam ihr für ein paar Stunden der Schlummer. Schmerzen hatte sie nicht, aber sobald sie das Bett verließ, wurde ihr schwindlig. Dabei sah sie nicht anders aus, als gewöhnlich, eher noch besser; ihre großen, feuchten Augen glänzten so feurig, und ihre Züge hatten etwas so Gewaltiges; eigentlich war sie herrlich anzuschauen. Natürlich sprach sie immer von ihm; sie bat mich unter Tränen, ihn doch heraufzuholen. Ich sagte ihr, es ginge nicht; bald würde ihr besser werden, und dann könnten sie ja gleich heiraten. Aber sie sah hinauf an den weißen Plafond, als wisse sie ganz genau, daß es nicht sein werde. Dabei hörten wir Rudolfs Schritt von der Straße herauf. Jede Nacht bis um elf, zwölf Uhr ging er ums Haus herum. Ich fühlte, wie wenn mir etwas die Kehle zuschnürte. Am liebsten wäre ich am Bette niedergesunken und hätte selber mit meiner Schwester gejammert. Aber ich sagte mir, du darfst dir nichts merken lassen, damit sie nicht gänzlich den Mut verliert, und würgte es hinunter.

In der folgenden Nacht hatte ich im Traum eine Unterredung mit Rudolf. Ich sah ihn vor mir auf den Knien liegen, die Hände zu mir erhoben, in denen er, nach unten gekehrt, ein Messer hielt, mit dem er sich umbringen wollte. Ich sagte nur immer: „Nein, nein, nein, nein, nein!“ und freute mich noch, ihn so quälen zu können. Auf einmal war alles Blut. Ich erwachte darüber und hörte Klara mit sich selber sprechen: „Barmherziger Gott, erbarme dich mein!“ stammelte sie. „Erbarme dich mein! Womit habe ich das verdient. O Rudolf, Rudolf!“

Ich stand auf und gab ihr ein Pulver. Dann stellte ich mich im Nachthemd an den Ofen und ließ mir, um sie zu beruhigen, alles mögliche von ihr über ihn erzählen, was er ihr aus seinem Militärdienst und der Offiziersschule erzählt hatte.

Am nächsten Morgen hatten wir zuerst Rechenstunde. Die Aufgaben hatte ich gemacht, aber als ich vorn an der Tafel rechnen sollte, da wußte ich nicht einmal, wieviel zweimal vierzig ist. Die andern Mädchen fragten mich in der Freiviertelstunde, was mit mir sei. Ich sah sie im Springseil ums Schulhaus herumlaufen, wie wenn es Gespenster gewesen wären, und mußte immer an Rudolf und Klara denken. Mit Marie Hemmann, meiner Freundin, ging ich Arm in Arm nach Hause. Sie war taktvoll genug, mich nicht zu fragen, warum ich kein Wort sprach, und als wir Rudolf vor unserem Haus trafen, ließ sie mich gleich mit ihm allein.

Es war, wie wenn man an einem Eichbaum die Axt angelegt hat, so zitterte er, als er vor mir stand. Er griff sich an die Brust und sagte, da fühle er es, wie das Mädchen da oben leiden müsse, und wenn ihr etwas den Tod bringen könne, so sei es die Verordnung, die der Doktor getroffen; er möchte den Unmensch totschlagen für seine mörderische Wissenschaft. — Ich sagte, er solle es dem Doktor selber sagen; ich verstände ihn wohl, aber ich könne ihm ja doch nicht helfen. Da nahm er meine Hand in die seinige und preßte sie, daß es mir weh tat, und mit der anderen streichelte er mir die Haare: „Nein," sagte er, „du kannst mich nicht verstehen, du bist ja noch Schulmädchen. Aber helfen kannst du mir. Dein Vater geht ja doch jeden Abend ins Wirtshaus, dann bist du mit Klara allein, und dann ....

„O Gott," sagte ich, „ich kann nicht! Ich kann nicht!" und riß mich los von ihm und lief ins Haus. Ich konnte nicht zu Klara hinauf. Ich saß in der Küche und weinte und weinte, bis die Suppe auf dem Tische stand.

Gegen Abend kam der Doktor und machte ein sehr bedenkliches Gesicht, obschon wir gar nichts merken konnten, daß es schlimmer ging. Aber er hatte Klara den Puls gefühlt und eine halbe Stunde lang das Herz abgeklopft. „Nur keine Aufregung! Um Gottes willen keine Aufregung!" sagte er. — Nach dem Nachtessen war ich dann wieder mit ihr allein, und sie sagte mir ganz dasselbe, mit denselben Worten, was mir Rudolf gesagt hatte. Es war gerade so, als wenn sie sich miteinander verabredet hätten. Sie schalt mich lieblos, ich sei nicht ihre Schwester. Dabei schluchzte sie, daß das Kopfkissen durch und durch naß wurde. Ich solle ihn holen, er sei ja unten; sie wolle ja gerne sterben, sie wisse es ja, daß sie verloren sei, aber ich müsse sie mit ihm allein lassen. — Sie hielt die Ellbogen aufgestützt, und der Schmerz erschütterte ihr alle Glieder. Ich glaubte schon, es werde nicht mehr aufhören. Erst als seine Schritte in der Straße verhallten, wurde sie ruhiger. Mitten in der Nacht erwachte ich dann plötzlich von einem Jammergeschrei, das ich in meinem Leben nicht vergessen werde. Ich sprang auf und gab ihr Wasser zu trinken. Sie trank die ganze Flasche aus. Sie habe geträumt, sagte sie. Am Morgen, während ich mich wusch und ankleidete, erzählte sie mir dann, was ihr geträumt hatte. — Es ist fürchterlich.

Sobald sie die Augen schließe, erzählte sie, sähe sie einen alten Mann. Das erstemal sei er gekommen, als sie in ihrem Anfall ohne Besinnung war. Er habe eine Glatze bis auf die Ohren hinunter und große, abstehende, blätterförmige Ohren, dazu einen kurzgeschorenen, grauen Bart und eine ganz kleine, winzige Nase. Um die Brust sei er wie ein Kind, und seine dünnen Beinkleider seien vorn durchgestoßen vor den Knien. Er komme immer im Zylinder und schwarzen Frack und taste mit einem Krückstock vor sich her. Im Gesicht habe er etwas so Abscheuliches, daß einem das Blut friere. Er habe sich ihr gleich als ihr Bräutigam vorgestellt; in vierzehn Tagen werde er Hochzeit mit ihr machen. Jedesmal küsse er sie; sie stemme sich mit ihren Knien und Ellbogen gegen ihn, aber er halte ihren Kopf so fest zwischen seinen Händen, daß sie seinen Kuß dulden müsse. Und in der letzten Nacht, da hätte er sie mitnehmen wollen. Rudolf hätte sie beschützt, aber der Alte hätte ihm eins mit seinem Krückstock über die Augen gezogen. Dann habe er sich über sie gebeugt. Sie habe ganz genau gewußt, daß sie zu Bett liege. Immer näher habe sie seine schielenden, rotumränderten Augen über sich gesehen, und sein gelbes Gesicht mit den braunen Leberflecken; und da, gerade als sie seine dürre Hand unter ihrem Nacken gespürt, da habe sie aufschreien können. — —

„O Rudolf," jammerte sie mit gefalteten Händen, „ich sehe dich nicht mehr wieder, ich sehe dich nicht mehr wieder!"

Als ich hinunterkam, stand Rudolf beim Vater im Laden, mit gesenktem Kopf, aber so männlich, so jugendlich, mit so seelenvollem Ausdruck, wie ich ihn nie gesehen. Er wollte mir nach, aber ich lief, was ich konnte, zur Schule.

Während der ersten zwei Stunden war mir ganz wirr. Ich hatte nur immer das alte Ungeheuer vor Augen, wie es sich über meine Schwester zu Hause niederbeugt. Dann hatten wir deutschen Aufsatz, da kamen mir nach und nach die Gedanken. Der Lehrer war selber ein alter Mann, aber gutherzig; jede Stunde lasen wir ihm alle fünfzehn der Reihe nach den gleichen Aufsatz vor, an dem er bei jeder etwas anderes zu loben fand. Das einzige, was er nicht leiden konnte, war, wenn unsere Kleider zu kurz waren, und wenn wir bunte Schleifen im Haar trugen. Dann nannte er uns eitle Fratzen. Marie Hemmann entgegnete ihm einmal, als er sich über ihr Kleid aufhielt, sie könne nichts dafür, daß sie so lange Beine habe. Da schlich er hinter sein Pult, klappte den Deckel hinauf und kam während einer Viertelstunde nicht mehr zum Vorschein.

— Es ist der Tod, sagte ich mir; es ist der Tod, der sie holen will. Und dann beschloß ich, gleich nach Schluß der Schule zum Doktor zu gehen und ihn zu fragen, ob es mit Klara wieder besser werden würde oder nicht. Es nagte etwas in mir, ich habe das Gefühl seither nicht mehr gehabt, aber ich glaubte jeden Moment, mir würde unwohl vor Schmerz. Ich fühlte nichts anderes, als wenn ich selber an Klaras Stelle gewesen wäre. Ich fühlte ihre heiße Sehnsucht nach Rudolf und ihr Grauen vor dem Alten. Du bist ein grausamer Teufel ohne Gefühl und Herz, sagte ich mir; Klara ist so furchtbar aufgeregt, weil sie ihn nicht sieht, es kann sie unmöglich mehr aufregen, wenn er zu ihr kommt, und wahrscheinlich wird es sie doch nur beruhigen. Und wenn sie sterben müßte, wenn sie wirklich sterben müßte und könnte nicht einmal Abschied von ihm nehmen! — Und dann sagt' ich mir, daß der Alte kein Recht auf sie hat, daß nur Rudolf allein das Recht hat, sie zu küssen. Der Alte, sagt' ich mir, ist der Tod, und Rudolf ist das Leben. Wenn Rudolf bei ihr ist, dann wird der Alte sich nicht heranwagen. Und wenn der Alte sie doch bekommen soll, dann macht es ja doch nichts, ob sie sich vorher noch einmal an Rudolfs stattlichem Anblick gefreut hat oder nicht.

Um zwölf Uhr, als die Schule aus war, lief ich zum Doktor; den Schulsack hatte ich in der Schule gelassen; ich muß ganz vergeistert ausgesehen haben. Er zog mich an sich und sagte, er habe ja längst gewußt, daß sie nicht zu retten gewesen wäre: seine Hilfe sei völlig nutzlos bei ihr gewesen, und ich sollte doch nicht weinen, sie sei ja jetzt oben beim lieben Gott. — Da stürzten mir die Tränen aus den Augen; ich sagte, ich habe ihn ja nur fragen wollen. Da sagte er, es werde wieder besser werden, aber so trostlos, jetzt wußte ich alles.

Ich fürchtete, das Entsetzliche möchte schon geschehen sein, ohne daß sie Rudolf noch einmal gesehen, und lief nach Hause, fand aber Klara gerade so wie sie immer war, schön wie eine Rose in ihrer vollsten Pracht, nur sprach sie sehr lebhaft. „Laß ihn zu mir, Leonie; laß ihn zu mir herauf," schluchzte sie, und ich sagte: „Ja, heute abend." Da schlang sie mir ihre vollen Arme um den Hals und küßte mich ab und drückte mich an ihre Brust, als wenn ich selber ihr Rudolf gewesen wäre. Ich mußte dabei an den Doktor denken, was er gesagt, und an das alte Ungeheuer. Ehe sie mich aus ihren Armen ließ, flüsterte sie mir ins Ohr: „Aber du mußt mich mit ihm allein lassen." Ich sagte „ja"; und dann kam die Krankenwärterin mit der Suppe für Klara und rief mich zum Essen ins Wohnzimmer.

Aber noch während wir bei Tisch saßen, durchfuhr mich plötzlich ein Gedanke wie ein Dolch-

lich. Gestern schon hatte sie mir gesagt, ich müsse sie mit ihm allein lassen. Obschon ich noch zur Schule ging, wußte ich schon genug von der Welt, um zu begreifen, was sie wollte. Mir wurde heiß und kalt. Nein, sagt' ich mir, das darfst du nicht tun. Klara war bis jetzt ein anständiges Mädchen, und wenn sie das tut, dann ist sie es nicht mehr. Und dann dachte ich an den Alten, der sie vergewaltigen wollte. Und dann dachte ich daran, daß sie am Ende sterben mußte, sterben mußte, ohne geliebt zu haben, wie es andere Frauen ihr ganzes Leben lang tun, wenn sie sich verheiraten. Und dann dachte ich, daß der liebe Gott doch furchtbar grausam ist. Wenn ein Mädchen für die Liebe geschaffen war, dann war es doch meine Schwester, das wußte ich ja so gut.

Am Nachmittag um eins hatten wir Konfirmationsunterricht. Vor der Stunde ging ich mit Marie Hemmann im Korridor auf und ab. Die Knaben, die mit uns Unterricht hatten, standen da und gafften uns auf die Füße. Marie trug hohe, gelbe Schnürstiefel, und ich hatte ein Paar nagelneue Halbschuhe an. Sie fragte mich nach meiner Schwester, und es drückte und quälte mich, ihr etwas von alledem, was mir auf der Seele lag, zu sagen. Aber nach den ersten Worten merkte ich, daß sie gar nicht begriff, um was es sich handelte. Ich hätte ihr erst alles explizieren müssen, und so schwieg ich lieber. — Während der Stunde erklärte uns der Pfarrer, in den die Mädchen alle verliebt waren, wie die Sadduzäer zu Christus kamen und ihn fragten, wenn ein Mann sieben Frauen gehabt, welche Frau er dann im Himmel haben werde, und wie er ihnen geantwortet, daß es im Himmel weder Frauen noch Männer geben werde, sondern daß der Unterschied ganz wegfalle. Da fiel es mir wie eine Zentnerlast vom Herzen: Wenn es im Himmel weder Frauen noch Männer gab, dann konnte es nichts ausmachen, ob Klara noch einmal mit ihm zusammen war oder nicht. Da war mein Entschluß gefaßt. Und da sagte ich, während der Pfarrer weiter sprach, bei mir im stillen folgendes zum lieben Gott: Wenn du willst, daß ich Rudolf nicht zu ihr hinauflasse, dann laß es bis heute abend besser mit ihr werden. Das kannst du, wenn du willst. Ich werde bis heute abend nicht nach Hause gehen, und wenn es dann nur ein klein wenig besser mit ihr geworden, dann werde ich ihn nicht zu ihr hinauflassen. Aber wenn es nicht besser mit ihr geworden, dann werde ich es tun. Du, lieber Gott, sagte ich, kannst mich ja immer noch daran hindern, wenn du nicht willst, daß es geschieht. Du kannst mir einen Ziegelstein auf den Kopf fallen lassen, oder mich von einem Mörder umbringen lassen. Ich will mein Leben gerne aufs Spiel setzen, so jung ich noch bin. Aber wenn das alles nicht geschieht, dann hast du es nicht anders gewollt, denn du kannst alles, was du willst. —

Den ganzen Nachmittag lief ich draußen vor der Stadt zwischen den schneebedeckten Feldern umher. Ich ging auch in den Wald, und als ich zum Römerstein kam, da fürchtete ich wirklich, jeden Augenblick möchte jemand aus dem Gebüsch auf mich losstürzen und mir ein Ende machen. Als es sechs Uhr im Städtchen schlug, kehrte ich heim. Klara lag zu Bett und klagte über Herzklopfen. Er sei wieder da gewesen, der Alte, sagte sie mir. Es sei ein fürchterlicher Kampf gewesen. Als er gegangen, habe er gesagt, diese Nacht sei Hochzeit, und sie habe gesagt: „Ja, mit Rudolf, mit Rudolf; aber nicht mit dir!"

Um sieben Uhr ging der Vater ins Wirtshaus, und um acht Uhr ging die Krankenwärterin fort. Da schlich ich hinunter, öffnete leise die Haustüre und ließ ihn herein. Als ich hinter ihm die Treppe hinaufging, merkte ich gar nichts Besonderes an ihm. Aber als ich die Tür öffnete und ihn eintreten ließ, da sah ich, wie ihm bei jedem Schritt, den er sich dem Bett näherte, die Kraft aus den Beinen schwand, so daß er, wie wenn er hingeschleudert wäre, gegen die Bettstatt fiel. Ich zog die Türe leise zu und ging in die Küche hinunter, wo nur eine Ligroin-Lampe brannte. Da warf ich mich am Herd in die Knie und flehte zum lieben Gott, er möchte nicht Klara entgelten lassen, was sie jetzt tat; er möge sie nicht dafür strafen, wie es der Doktor gesagt, sondern er möge sich an mir vergreifen, ich wollte ja gerne alles dulden, alle Qualen, damit Klara am Leben bleibe, weil ich ja doch nur die Schuld trüge, wenn sie sich verging. —

Ich hörte es neun Uhr schlagen. Gleich darauf schlug es zehn Uhr. Die Zeit verging mir, als wäre es ein Augenblick gewesen. Um halb elf ging ich mit dem Lichte hinauf. Ich wäre um ein Haar eingetreten, aber ich blieb vor der Türe. Ich klopfte leise an und sagte, es sei halb elf. Dann verging eine Viertelstunde, ewig lang. Ich hielt den Atem an; ich fürchtete etwas vor dem Hause zu hören, aber ich hörte nur Küsse und Seufzer von innen. Dann klopfte ich wieder. Gleich darauf trat Rudolf heraus, in seinen Mantel gehüllt, den Hut tief in der Stirn. Ich leuchtete ihm hinunter. Im Gang unten drückte er mir, ohne ein Wort zu sagen, die Hand. Dann ließ ich ihn hinaus.

Ich war darauf gespannt, wie ich Klara finden würde. Es war, als läge milder Abendsonnenschein über ihr, und sie war so hoffnungsselig, wie ich sie, soweit ich zurückdenken konnte, nie gesehen. Von Sterben kein Wort. Sie sprach nur von ihrer Hochzeit, und daß sie dann zusammen nach Italien reisen würden. Morgen werde sie wieder aufstehen können, und dann kam sie auf einmal auf die frühesten Zeiten zu sprechen, wie wir als Kinder miteinander gespielt und sie mich manchmal so malträtiert hatte. Da lachte sie, daß ich vor Freude wieder weinen mußte an ihrem Bett. Sie konnte sich lange nicht beruhigen. Schließlich schlief sie doch ein. Am Morgen, als ich aufstand, lag sie ganz ruhig, und ich dachte, ich wollte sie nicht stören. Sie lag tief in den Kissen, und ich ging auf den Zehen und kam ihrem Bett nicht nahe und schlich leise zur Tür hinaus. Unten sagte ich, daß sie schliefe. Aber kaum war ich in der Schule, da kam die Krankenwärterin angerannt und holte mich zurück. Als ich ins Zimmer trat, standen der Vater und der Doktor an ihrem Bett. Sie war tot."

— — — Es war mäuschenstill in dem großen Hotel. Der neugebackene Ehemann hatte den Erinnerungen seines jungen Weibchens mit sehr geteilten Empfindungen gelauscht. Dann aber sagte er sich, daß ein Wesen, welches mit fünfzehn Jahren schon imstande war, mit seinem Gefühlsleben so ganz und gar in demjenigen seiner Umgebung aufzugehen, es als erwachsene Frau noch bei weitem mehr sein werde. Und er pries sich glücklich, einen solchen Schatz von ruhiger Überlegung, von Selbstlosigkeit und warmer Hingebung an seiner Seite zu haben.

Die Fürstin Russalka

„Dich wundert es, wie ich dazugekommen bin, Sozialdemokratin zu werden und einen Sozialistenführer zu heiraten?" sagte die junge Fürstin Russalka zu ihrer Freundin, der erst seit kurzem verheirateten Baronin Hohenwart. „Der Grund lag darin, daß meine erste Ehe mit dem Herzog von Galliera kinderlos blieb."

„Aber ist denn das ein Grund?" fragte die Baronin errötend.

„Vielleicht ist meine ganze Jugendgeschichte daran schuld," sagte die Fürstin. „Sie läßt sich allerdings etwas schwer erzählen. — Als Kind war ich sehr von meiner persönlichen Würde eingenommen. Ich kannte nichts Höheres auf der Welt als mich selbst. Im Spiegel besah ich mich wie ein Heiligtum. Dabei war ich lustig und tollkühn, aber über gewisse Dinge verstand ich keinen Scherz. Mein innerer Stolz bäumte sich dagegen auf, wie sich ein Pferd vor einem häßlichen Tier aufbäumt. Das wurde mein Verhängnis. Als meine Schwester Amelia eines Abends mit mir darüber zu sprechen begann, wie wir Menschen entstehen, da hätte ich sie erwürgen mögen. Ich war sehr gläubig und unterhielt mich oft stundenlang in persona mit dem lieben Gott. Ich hatte die unerschütterliche Überzeugung, daß der liebe Gott mich geschaffen habe. Ich sagte mir, was die Menschen machen, das hat keine Seele. — Amelia und ich wuchsen auf dem Schloß Schwarzeneck in Böhmen auf, von aller Welt abgeschlossen. Wir hatten niemand um uns, als einen vertrockneten Haushofmeister und eine zu Eis gefrorene Gouvernante. Ich weiß nicht, wie Amelia zu ihrer Weisheit kam. Sie war allerdings zwei Jahre älter als ich und dick und phlegmatisch und faul. Eines Abends erzählte sie mir, die Müllerstochter im Dorf habe ein Kind bekommen. Ich war ganz empört. Ich sagte ihr, das sei nicht möglich. Unsere Eltern hätten sich in der Kirche vor dem Altar trauen lassen; deshalb habe Gott ihnen Kinder geschenkt, und nicht deshalb, weil sie die ersten Jahre ihrer Ehe zusammenlebten. Es war mir nicht anders, als wolle Amelia mir alle Berechtigung zum Dasein nehmen. Mitten in der Nacht bat ich zu Gott, er möge mir bestätigen, daß ich recht habe und nicht Amelia; und ich hörte deutlich eine Stimme in mir: Du hast recht, Russalka; du hast ganz recht. — Und als mir meine Schwester die nächsten Tage wieder mit ihren naturwissenschaftlichen Erläuterungen kam, da schwur ich ihr bei mir und allem und beim lieben Gott, ich wolle es ihr beweisen, daß es keine unehelichen Kinder in dieser Welt gebe. — Amelia lachte, aber mir war so ernst um meine Überzeugung, ich fühlte einen so feurigen Bekehrungseifer in mir, daß ich Tag und Nacht die Gelegenheit herbeisehnte.

Um Weihnachten kam immer mein Vater mit seinem ganzen Troß von Wien herüber zur Jagd. In jenem Winter brachte er den Herzog von Galliera mit. Ich war sechzehn Jahre alt. Gleich am ersten Tage nahm ich ihn mir zum Kavalier. Er war achtundzwanzig Jahre alt, sehr gewandt und aufmerksam und erleichterte mir meinen wahnsinnigen Vorsatz auf alle erdenkliche Weise. Amelia, mit einem jungen Leutnant aus Budapest, hielt sich immer in unserer Nähe. Nach drei Tagen war das Unglück geschehen. Ich erzählte es ihr noch am selben Abend. Sie wurde totenbleich und fiel in Ohnmacht. Dann weinte und schluchzte sie die ganze Nacht, schlug sich vor die Brust und zerwühlte sich das Haar, so daß ich alles, was ich an Seelenkraft hatte, erschöpfte, um sie zu trösten. Natürlich half es nicht viel, aber ich blieb so fest bei meiner Zuversicht, daß sie schließlich, wie vor einem höheren Wesen, vor mir niedersank und meine Knie umklammerte.

Nach Neujahr zog das wilde Heer wieder ab. Den Herzog hatte ich, nachdem ich Amelia zum Augenzeugen meiner Waghalsigkeit gemacht, kaum mehr eines Blickes gewürdigt. Er fand sich mit aller erdenklichen Bescheidenheit in seine Zurücksetzung.

Dann kam der Frühling, und manchmal wurde mir doch bang. Ich bat den lieben Gott, er möge mich in meinem Glauben an ihn nicht wankend werden lassen. Immer wenn ich an die Weihnachtstage und den Herzog zurückdachte, überkamen mich Zweifel; aber ich hatte nicht die geringste Ursache dazu. Und schließlich, es war an einem Septemberabend auf der Altane, da sagte ich zu meiner Schwester: Jetzt siehst du, daß ich recht habe. Jetzt laß mich in Zukunft mit deiner Meinung in Frieden. — Sie hatte kein Wort mehr über diese Dinge gesagt. Sie sah mich groß an, und dann fiel sie mir um den Hals und küßte mich ab.

Aber um Weihnachten, als der Herzog wieder mit meinem Vater zur Jagd kam, da ergriffen mich ganz andere Empfindungen, die ich noch gar nicht gekannt hatte. — Mein Vater überraschte uns, und der Herzog hielt um meine Hand an.

Unsere Flitterwochen verlebten wir in Neapel. Ich war sehr, sehr glücklich. Dann zogen wir uns auf das Schloß Egersdorf in Mähren zurück, um abgeschlossen von allem Verkehr, solang es uns gefallen sollte, nur unserem Glücke zu leben. Ich sehnte mich nach einem Kinde, wie sich ein junges Weib nur danach sehnen kann. Es erschien mir gar nicht denkbar, daß mir jetzt diese Wonne nicht beschieden sein sollte. Während des ersten Jahres sprach ich auch täglich davon, wie von etwas, was so sicher eintreffen mußte, wie der Schnee und der Frühling. Es traf nicht ein. Ich betete ganze Nächte durch; ich lag auf den Knien und beschwor den lieben Gott unter heißen Tränen, er möge mich lieber sterben lassen, als unserer Ehe seinen Segen versagen. Es traf nicht ein. Dabei begann der Herzog, mich schon ganz sonderbar anzusehen. Ich merkte es seiner Liebe an, daß sie kühler wurde. Wir langweilten uns.

Dann kam meine Kusine, die Gräfin Telecky aus Wien zu uns zu Besuch. Dem Herzog war sie entsetzlich, aber für mich war sie eine ganz neue Welt. Sie hatte alles gelesen, alles was in Europa geschrieben worden: Ibsen, Tolstoi, Zola, Dostojewsky, Nietzsche, Sudermann; sie war eine wandelnde Leihbibliothek. In sechs Monaten hatte sie eine ebenso fanatische Atheistin aus mir gemacht, wie ich vorher eine gläubige Katholikin gewesen war. Und als ich nicht eine Spur, nicht einen Strohhalm von Glauben, von Gewißheit mehr in mir fühlte, als ich alles verloren, was mich bei einem schweren Unglück hätte aufrechterhalten können, da wurde ich gewahr, daß sie derweil meinen Gatten für sich gewonnen hatte und schon ein Kind von ihm unter dem Herzen trug.

Ich wurde besinnungslos nach Wien gebracht. Wochenlang lag ich im Fieber. Nach meiner Genesung fuhr ich zu meinem Vater, um ihn zu bitten, er möchte sich meiner Scheidung annehmen. Bei dem Worte ‚Scheidung' wies er mir den Weg, den ich gekommen. Darauf reiste ich hierher, nach Berlin, um mich hier an einen Rechtsanwalt zu wenden, begegnete aber von der ersten Stunde an, in welche Gesellschaft ich gehen mochte, nur Geisteskindern in der Art, wie die Telecky eines war. Ich erschien mir wie ein Überbleibsel aus dem Mittelalter, das an einem unbeachteten Orte zufällig erhalten geblieben. Mich beseelte ein Feuereifer für alles Moderne. Ich schnitt mein schönes Haar ab, trug kein Korsett mehr, ging in Männerkleidern auf den Künstlerinnenball und schrieb über die Frauenfrage. Ehe ein Jahr verging, trat ich in öffentlichen Versammlungen auf.

In der Premiere von ‚Hedda Gabler' lernte ich Dr. Rappart kennen. Wenige Tage darauf hörte ich ihn in einer sozialdemokratischen Versammlung reden. Dann besuchte er mich. Seine ersten Worte waren eine herzinnige Beschwörung, bei der Weiblichkeit, die in mir lebe, bei dem hohen Beruf, als Frau einen Mann glücklich zu machen, ich möchte doch dieses wüste Treiben aufgeben. Er sagte, ich handle gegen meine Natur, das möge für andere ganz gut sein, aber nicht für mich. Anfangs wehrte ich mich im Dienste unserer Sache, aber er hatte mich so ganz und gar durchschaut, ich saß ihm gegenüber wie ein Kind, dem man seine Unart verweist. — Bei seinem dritten Besuch bat er mich, seine Frau zu werden. Ich gab ihm einen Korb, so sehr ich ihn lieben gelernt hatte. Wo ich hinkam, erzählte man mir von ihm; ganz Berlin schwärmte für ihn, den Volkstribun, den künftigen Staatslenker. Bei einer Parade unter den Linden sah ich mit an, wie ihm das Volk tausendstimmig zujauchzte. Ich hörte Arbeiter untereinander darüber sprechen, daß dem Manne nichts teurer auf dieser Welt war, als seine hohe Lebensaufgabe, und ich wußte, was ihm nächstdem das Teuerste war. Aber ich hatte keinen Mut mehr; ich fühlte mich ausgeschlossen von allem Menschenglück, weil ich daran zweifelte, daß ich je einem Manne Kinder schenken könnte.

Dann kamen die entsetzlichsten Tage, die ich erlebte. Ich beschloß zu sterben, ich nahm Morphium. Man schaffte mich in die Klinik. Als ich zu mir kam, schrie ich auf vor Jammer darüber, daß es umsonst gewesen. Aber da stand er neben mir und beugte sich über mich. Die Ärzte ließen uns allein, und da — da schwand meine Kraft wie nichts dahin, ich weinte und weinte an seiner Brust und erzählte ihm alles.

Ich beschwor ihn, mich abreisen zu lassen, aber er ließ mich keinen Tag mehr allein. Er erzählte mir damals Dinge, an die er selbst nicht glaubte, um mich zu trösten. Und schließlich — ich wußte, wenn es noch irgendein Glück für mich zu erwarten gab auf dieser Welt, so war es bei ihm — da fiel ich ihm um den Hals und ließ mich von ihm küssen, so grenzenlos unwürdig ich mir selber dabei erschien.

Wir ließen uns trauen; er bestand darauf, daß wir uns auch kirchlich trauen ließen. Ich verstand ihn sehr gut, aber ich wagte kein Wort einzuwenden. Und jetzt..."

Die Fürstin erhob sich rasch, ging ins Nebenzimmer und holte den rosigen, kleinen, blauäugigen Sozialdemokraten aus seiner Wiege, der die junge Baronin, die sich gleichfalls erhoben hatte, schon mit den ernstesten Blicken maß. „Jetzt denke dir mein Glück!"

Die Baronin lächelte. „Mir wäre ein kleiner Baron doch unendlich lieber — und sollte es auch nur eine Baronesse werden."

Das Opferlamm

„Nein, ich bitte dich, frag' mich nicht, wie ich hierhergekommen. Wie kannst du dich dafür interessieren? Morgen lachst du darüber; ich sehe es dir an. Warum willst du mich durchaus zum Weinen bringen. Es ist doch viel schöner für dich, wenn ich lustig bin." —

Und die schlanke, schneeweiße, schön gebaute Münchnerin mit dem undurchdringlich dichten, üppigen Rabenhaar neigte sich zitternd über ihn und küßte ihn auf den Mund, auf die halbgeschlossenen Augenwimpern, um ihn seine Frage vergessen zu machen. Aber es half ihr nichts. Er verzog das Gesicht zu einer Grimasse, daß es ihr eisig durch alle Glieder rieselte. Er erwehrte sich ihrer Liebkosungen, stieß sie von sich. So machte er sie völlig hilflos, da ihre Körperschönheit alles war, was sie auf dieser Welt ihr eigen nennen konnte. Er war nämlich kein Mensch von tobenden Leidenschaften, sondern ein Feinschmecker, für den die Natur und der liebe Gott nichts gut genug geschaffen. An alles mußte er noch sein Salz und seinen Pfeffer tun. Schon mit jungen Jahren hatte er die Genüsse des Lebens kennengelernt und verachtete jetzt aus tiefster Seele alles, was anderen Sterblichen auch zu Gebote steht. So genügte es ihm auch nicht, daß das seiner

Menschenwürde beraubte, hübsche Mädchen einfach, unbefangen und mit leichtem Herzen sündigte, indem es sich seinen Begierden überließ. Er mußte es ihr erst noch speziell zu Gemüte führen, was sie tat, um sich dabei an dem leisen Schmerz der armen verlorenen Seele zu weiden. Deshalb ließ er sich weder durch Worte noch durch Blicke ein Lächeln abnötigen, stellte sich ernst wie ein Bußprediger und fragte sie gerade heraus, ob der Hunger sie hergetrieben.

„Nein, nein. Ich habe immer genug zu essen gehabt, seit ich denken kann. Es gab bei uns zu Hause dreimal die Woche Fleisch."

Das hatte er sich wohl gedacht. Wer sie sah, konnte unmöglich auf den Gedanken kommen, daß sie jemals habe Hunger leiden müssen.

„Aber du hattest schwere, böse Träume, die dich quälten? — Du bist hierher gekommen, um deine Jugend zu genießen?"

„O Gott nein. Frag' mich nicht weiter. Wohnst du hier in Zürich, oder bist du nur vorübergehend hier?"

„Vorübergehend. — Deine Eltern leben aber noch?"

„Ja, aber sie wissen nicht wo ich bin."

„Auch nicht, daß du in Zürich bist?"

„Nein, sie wissen gar nichts von mir."

„Wie heißt du denn?"

„Ich heiße Martha."

„Martha? So so. Ja. Es gibt viele Marthas

auf Gottes Welt. Das wußte ich schon, daß du Martha heißt."

„Du brauchst nur zu schreiben ‚Martha', wenn du mir schreiben willst. Dann kannst du sicher sein, daß ich den Brief erhalte. Alle meine Freunde schreiben nur ‚Martha'."

„Und dein Familienname?"

„Den sag' ich nicht, und wenn du mir das Messer an die Kehle setzt. Eher lasse ich mich umbringen, als daß ich hier den Namen meines Vaters ausspreche."

„Wie bist du denn hierhergekommen?"

„Das erzähle ich dir ein andermal. Nur heute nicht. Ich bitte dich."

„Es gab wohl viel zu arbeiten zu Hause? Du mußtest früh aufstehen und Treppen scheuern."

„Ich habe immer gern gearbeitet."

„Wirklich, ist dir das eine solche Wonne? — Hier hast du es aber doch bequemer."

„O, warum sagst du das! — Ich will dir sagen, was mich hierhergebracht hat. Ich glaube, du hast Mitleid mit mir. Andere Männer wollen nichts hören als Unflätigkeiten und verbieten einem den Mund, sobald man ihnen nicht Schmeicheleien sagt. Ich habe, weiß Gott, noch keiner Seele davon gesprochen, und doch denke ich Tag und Nacht an nichts anderes. Was mich tröstet, ist das, daß es hier bald mit einem zu Ende gehen muß. Dann ist es aus und vergessen."

„Glaubst du denn nicht an ein Jenseits?"

„Es mag eines geben für die reichen Leute und für gute Menschen, aber nicht für unsereins. Das wäre doch zu fürchterlich!“

Und das junge Mädchen sah ihm noch einmal tief in die Augen, weil sie noch gar nicht ganz sicher war, ob er nicht seinen Spott an ihrer Offenherzigkeit habe. Dann löschte sie das Licht aus und erzählte:

„Vierzehn Jahr war ich alt, als die Mutter mich ins Geschäft brachte. Ich hatte noch keine Taille, noch gar keine Figur, und meine Augen waren noch so groß wie bei einem Kalb. Wir waren unserer vier Lehrmädchen, Resi, Cilly, Kathi und ich. Schon am Montag morgen zählten wir immer, wieviel Tage es noch bis zum Sonntag seien. Am Sonntag nachmittag besuchten wir einander, tranken zu Hause Kaffee und gingen dann im Englischen Garten spazieren. Kennst du den Englischen Garten in München?“

„Ja, ja. Ich bin oft mit meiner Kleinen auf dem Teich Schlittschuh gelaufen.“

„Das brauchtest du mir jetzt nicht gerade zu sagen.“

„Über was spracht ihr denn, wenn ihr zu vieren dort spazieren gingt?“

„Meist über die Vorsteherin. Sie war so geschickt, daß wir sie alle für ein höheres Wesen hielten. Wenn eine Dame zum erstenmal kam, sah sie sie nur an und schnitt dann gleich die Taillenstücke auf ihren Knien zurecht. Es war, als zeichnete sie sie mit der Schere ab.“

„Und sonst spracht ihr von nichts?"

„Warum? O doch. Jede erzählte von sich zu Hause. Cilly hatte einen Bruder, dem sie die Kleider machte. Er ging noch zur Schule. Manchmal half sie ihm auch bei den Aufgaben. Du glaubst nicht, wie stolz sie auf ihn war. Jetzt, wenn ich allein bin, denk' ich oft, wenn ich doch nur ein Kind hätte, und dabei muß ich immer an den kleinen Hans denken. Er war so hübsch."

„Nun weine nur nicht."

„Ich weine nicht deshalb. Ich denke nur, wie ich mich zuerst davor gefürchtet habe, und jetzt wäre ich froh, dann hätte ich doch wenigstens noch etwas davon."

„Aber du würdest das Kind ja nur verderben!"

„Ja, du hast recht. Ich würde es verhätscheln. Ich würde es so furchtbar lieben. Es sollte es besser haben, als alle anderen Kinder."

„Du liebst ihn also immer noch?"

„O ja. Du bist gut. Dir könnte ich alles erzählen."

„Wie hast du ihn denn kennengelernt?"

„Es war mitten im Winter, eines Abends um neun. Ich war schon zwei Jahre im Geschäft. Ich trug schon lange Kleider, und wenn ich über die Straße ging, ohne Hut und die Schürze vor, dann leckten die Männer sich die Lippen ab. Ich lachte darüber, weil ich es als eine Schmeichelei aufnahm; aber sonst dachte ich mir nichts dabei. Da, eines Abends, gab die Direktrice mir ein Kleid mit für die Baronin Ubra an der Schwabinger Landstraße. Ich wollte die Tram nehmen, aber es war nirgends ein Platz zu bekommen. Es war ein Sturm, daß die Ziegel von den Kaminen sausten, und dabei so eisig kalt. Alles ging in Mantel und Kapuze, und ich hatte nur mein Jackett mit den großen Knöpfen und meinen Federhut, den ich halten mußte, daß er mir nicht vom Kopfe flog. Schon in der Theatinerstraße dachte ich, wenn ich nur nicht geboren wäre. Ich fühlte keine Hände und keine Füße mehr, und bei jedem Schritt rannte ich an einen dran. Einmal war es ein Laternenpfahl, an dem ich den Schirm zerbrach. Dann riß ihn der Wind in Fetzen. Der Schnee kam mir in die Röcke und lief mir durch den Hals hinunter. Ich war unten und oben naß, wie es ein Hund bei dem Wetter wird. Vor der Feldherrnhalle riß der Riemen, an dem ich die Schachtel trug, und das Kleid fiel heraus in den Schnee. Da wäre ich am liebsten gestorben. Ich nahm das Kleid auf und wischte den Schnee mit dem Taschentuch von dem Papier, damit er nicht eindrang. Dann wollte ich die Schachtel unter den Arm nehmen. Da kam ein Windstoß und schlug mir die Röcke bis über die Knie hinauf. Gott, o Gott, o Gott, dachte ich, wenn das nur niemand gesehen hat!

Gleich darauf trat ein Herr zu mir und fragte, ob er die Schachtel tragen dürfe, und ich sagte ‚ja'.

So gingen wir zusammen hinaus nach der Schwabinger Landstraße, und dann begleitete er mich zurück in die Sendlinger Straße zu unserem Haus. Er hatte mir nur erzählt, daß er in einem Geschäft angestellt war und von seinem Gehalt seine sechzigjährige Mutter ernähre. Ich hatte ihm auch gesagt, wo ich arbeite. Ich hatte ihn gar nicht angesehen und würde ihn nie in meinem Leben wiedererkannt haben.

Aber am nächsten Abend, als ich aus dem Geschäft kam, war er wieder neben mir, sobald ich mich von den andern verabschiedet hatte. Weil er so freundlich gewesen, konnte ich ihn nicht fortschicken. Und so kam es dann. Jeden Abend begleitete er mich bis vor die Haustür und erzählte mir, wie lieb und gut er zu seiner alten Mutter sei. Und als es Frühling wurde, sagte er mir eines Abends, daß er mich liebe. Ich glaubte es anfangs nicht. Aber einen ganzen Monat lang sprach er von nichts anderem, und dann fragte er mich auf einmal, ob ich ihn auch liebe, und ich sagte ‚ja'.

Das war das Entsetzliche; von dem Tag an war er nicht mehr derselbe. Vorher war er immer so sanft und gut gewesen, jetzt war das alles aus. Er behauptete, es sei nicht wahr, daß ich ihn liebe. Ich sagte: doch, auf meine Seligkeit! Und es war ja auch nicht anders. Den ganzen Tag im Geschäfte dachte ich nur an ihn, was er mir für ein Gesicht zeigen werde, wenn wir uns wiedersehen. Aber es war nie mehr das gleiche Gesicht. Er rollte die Augen nach unten, als hätte er eine Fliege verschluckt, und den ganzen Weg sprach er oft kein Wort. Vorher hatte er mich manchmal geküßt zum Abschied. Jetzt tat er auch das nicht mehr. Ich bat ihn darum, aber er wollte nicht. Er schalt mich eine Kokette. Ich war so erschrocken; ich wußte nicht, was das war. Zuerst konnte ich das Wort nicht behalten. Dann schrieb ich es mir auf und fragte Cilly, und Cilly sagte mir, das seien Mädchen, die nachts auf der Straße gingen.

Die Mutter fragte mich, warum ich so schlecht aussähe, warum ich nicht esse und den Mund nicht mehr auftue. Aber ich konnte nichts sagen. Ich hatte mir vorgenommen, nicht eher von ihm zu sprechen zu Hause, als bis wir uns verloben könnten; und dazu reichte sein Gehalt noch nicht aus. Wir mußten warten, bis seine Mutter starb. Aber wie er mir dann einmal auf dem Rathausplatz im Zorn den Rücken kehrte und die Hände in den Hosentaschen von mir ging, da lief ich ihm nach und hing mich ihm an den Hals; ich liebe ihn ja, sagte ich, das müsse er doch sehen. Er solle doch wieder so sein wie früher; ich hätte ihm ja doch nichts zuleide getan; und er solle mich nicht so furchtbar quälen. — Da murmelte er: Beweise mir, daß du mich liebst. Ich fragte ihn, wie ich ihm das beweisen könne; und er murmelte, das wisse ich ganz gut, ich sei doch kein Kind mehr. Aber ich sei eben eine Kokette, ich treibe mein Spiel mit ihm; aber er habe es satt, er wolle sich nicht länger zum Narren halten lassen.

Die ganze Nacht konnte ich nicht schlafen und dachte darüber nach, was er wohl habe meinen können, und wodurch ich mich undankbar gegen ihn erwiesen habe. Schließlich beschloß ich, Cilly zu fragen, weil er es mir doch nicht selber sagen wollte. Aber Cilly die ganze Geschichte erzählen, das wollte ich nicht. Es hatte kein Mensch auf dieser Welt etwas von meinem Verkehr mit ihm bemerkt, nnd so wollte ich auch, daß es bliebe, bis wir uns öffentlich verloben könnten. Er erzählte mir von seiner Mutter, daß es manchmal sehr bedenklich mit ihrer Gesundheit stand, aber dann ging es wieder besser.

Nach dem Mittagbrot fragte ich Cilly, als ich Arm in Arm mit ihr ging, ob sie schon einmal geliebt habe. Sie besann sich einen Augenblick, und dann sagte sie ‚ja'. Ich fragte sie, was sie dann getan habe. Sie sagte, ich habe ein heißes Fußbad genommen. Ob es dann gut gewesen sei. Sie sagte ‚ja'. Und ob sie sonst noch etwas getan habe. Nein, das sei alles gewesen. — Ich wollte gerne noch etwas mehr über ihre Liebe wissen, aber sie lachte und meinte, das seien Privatangelegenheiten.

Am Abend sagte ich ihm, als er mich begleitete, ich wisse es jetzt; Cilly hätte es mir gesagt, er solle nur warten bis morgen. Also morgen, sagte er und küßte mich vor der Haustür. Er war so lieb, wie er seit Wochen nicht mehr gewesen. Den ganzen Abend zitterte ich, die Mutter möchte etwas davon merken, daß ich ein Fußbad nehmen wollte. Ich hatte solche Angst! Als sie schlafen gegangen, schlich ich mich im Hemd in die Küche.

Ich hatte das Feuer unter dem Schiff brennen lassen. Ich schöpfte leise den Kessel voll und stellte mich aufrecht hinein. Da wurde mir auch, wie ich es nie vorher empfunden. Du glaubst es nicht, aber ich zitterte und bebte vor Freude und dachte dabei nur an ihn, was er sagen werde, wenn er mich so verwandelt sähe. Ich schlich in mein Bett und schlief so süß, wie ich noch nie in meinem Leben geschlafen hatte. Am nächsten Abend war das Elend groß. Erst sanken wir uns in die Arme und küßten uns, daß ich vor Glück beinah geweint hätte; dann meinte er, ich solle mitkommen, aber ich sagte, er wisse ja, daß ich nach Hause müsse. Da nannte er mich ein albernes dummes Tier.

Das brachte mich dahin, daß ich am Sonntag zur Kartenschlägerin ging. Ich wollte ihr ebensowenig von unserer Liebe erzählen wie Cilly, aber in fünf Minuten hatte sie alles heraus. Und da sagte sie es mir dann; ich müsse eben mit ihm gehen und dürfe ihm nichts verwehren; dann wisse er genau, daß ich ihn liebe. Ich fragte sie, was es koste, und sie fragte mich, wieviel ich denn bei mir habe. Ich sagte: Zwölf Mark und fünfzig Pfennige. Gut, sagte sie, gewöhnlich bekomme ich zwar zwanzig, aber sie wolle sich damit zufrieden geben, weil ich es sei. Und dann empfahl sie sich mir noch für später.

In der folgenden Nacht legte ich mich angekleidet zu Bett. Nur die Schuhe hatte ich ausgezogen. Als es elf Uhr schlug, tappte ich die

Treppen hinunter. Er umarmte und küßte mich unter der Hausflur und führte mich in seine Wohnung. Eine Stunde später brachte er mich zurück; aber, weiß Gott, ich konnte nicht begreifen, warum er so glücklich war. Ich dachte mir, es müsse doch etwas Besonderes um die Liebe sein, daß es einem so wohl tut, wenn man erfahren hat, daß man wirklich von einem Mädchen geliebt wird.

Und dann wurde ich seine Geliebte. Schon in der ersten Woche sagte er: Wenn du mich wirklich lieb hast, kannst du nicht länger bei deinen Eltern wohnen. Wenn die Fleischerknechte mich unterm Hausflur erwischen, schlagen sie mich tot. — Ich nahm des Nachts meine Sachen mit, und am andern Tag im Geschäft sagte ich, ich hätte Kopfweh und ging hin und suchte mir ein Zimmer mit einem Bett und zwei Stühlen. Am Abend ging ich nicht nach Hause. Am Sonntag kam dann mein Vater. Er fragte, ob ich noch im Geschäft arbeite. Ich sagte ‚ja'. Darauf fragte er mich, wer mein Liebhaber sei. Ich sagte: ‚Das sage ich nicht, du kannst mich schlagen, soviel du willst, ich sage es nicht'. Da sagte er, er hole die Polizei. Ich antwortete, ich fürchte mich nicht vor der Polizei, ich fürchte mich vor der ganzen Welt nicht. Da fiel er am Bett zusammen und weinte und schüttelte sich; ich dachte, es müsse ihm die ganze Seele herauskommen. Dann stand er auf, sah mir gerade ins Gesicht, gab mir eine furchtbare Ohrfeige und ging. Ich habe ihn nie wieder gesehen.

Mein Geliebter kam nun jeden Abend zu mir. Mit seiner Mutter ging es sehr schlecht, deshalb hatte er seine Wohnung aufgegeben. Er brauchte das Geld für die Medikamente und den Doktor. Manchmal, wenn es nicht reichte, gab ich ihm auch von dem meinigen, aber ich hatte nicht viel übrig, da ich nun immer Nachtessen für zwei besorgen mußte. Anfangs hatte er mich seiner Mutter vorstellen wollen: aber jetzt ging es nicht mehr. Sie war zu schwach. Er fürchtete, die Freude und Aufregung müßten sie auf der Stelle töten.

Einmal im Geschäft, als die Vorsteherin fort war, sprachen Resi und Cilly über ein Mädchen, das ein Kind bekommen. Ich fragte, ob sie denn nicht verheiratet gewesen. Sie sagten ‚nein'. Da bekam ich einen entsetzlichen Schrecken. Mir wurde ganz schlecht und ich mußte nach Hause gehen. Ich weinte bis zum Abend. Nie in meinem Leben hatte ich gedacht, daß man Kinder haben kann, ohne verheiratet zu sein. Als ich es ihm sagte, schalt er mich ein dummes Gänschen, vor so etwas fürchte er sich doch gar nicht. Aber ich hatte von dem Tag an keine ruhige Stunde mehr.

Und dann wurde er von seinem Prinzipal hierher nach Zürich geschickt. Als wir zusammen im Coupé saßen, stieg ein Mädchen ein. Zuerst setzte sie sich in die andere Ecke, aber als sie meinen Geliebten sah, warf sie ihm einen Blick zu, als wäre eine Rakete vor ihr aufgestiegen, und dann setzte sie sich ihm gerade gegenüber. Sie erzählte, daß sie hier als Kellnerin engagiert sei. Sie war geschnürt, daß mir der Atem ausging. Dabei konnte sie die Füße nicht ruhig halten und fächelte sich mit einem Taschentuch, das wie eine Menagerie duftete. Die Augen fielen ihr fast zum Kopfe heraus. Sie wechselte Blicke mit meinem Geliebten, die die herrlichsten Dinge bedeuten mußten, aber ich verstand sie nicht. Manchmal warf sie auch einen Blick auf mich, und dann schämte ich mich fast zu Tode. Ich hatte ein Kleid an, an dem kaum mehr eine Farbe zu sehen war, dazu einen grauen Schal um den Kopf, und meine Schuhe zog ich unter die Bank zurück, weil sie vorne offen waren. Sie trug nagelneue, hellgelbe Schnürstiefel mit goldenen Knöpfen daran. Ihr Kleid war so eng gemacht, daß man ihre Knie sah. Auf dem Schoß hielt sie ein Ridikül mit Pralinees und einer Flasche Zwetschenwasser darin. Mir bot sie auch davon an. Ich mochte nicht, aber mein Geliebter sagte, ich solle mich doch nicht genieren. Kurz vor Lindau, als die Lokomotive auf einmal hielt, weil eine Achse heiß geworden war, sank sie ihm beinah in die Arme.

Auf dem Dampfschiff wurde ich seekrank, und so kamen wir nach Zürich, ich weiß nicht wie.

Schon am zweiten Tage ging er abends mit ihr in die Tonhalle und kam die ganze Nacht nicht nach Hause. Am Morgen ging ich aus, um ihn zu suchen, und als ich zurückkam, waren seine Sachen fort. Da suchte ich durch die ganze Stadt. Bei jeder Straßenecke glaubte ich, er müsse dahinterstehen. Schließlich fand ich ihn auf einer Bank unten am Kai. Ich sagte, er solle mitkommen. Er sagte, er dürfe das nicht, wir dürften hier in Zürich nicht beieinander wohnen; das leide die Polizei nicht. Wir würden festgenommen, wenn wir hier beieinander wohnten, ohne verheiratet zu sein. Aber er wolle mich besuchen, so oft er könne.

Während vierzehn Tagen fand er gerade dreimal dazu die Zeit. Ich hatte mir Arbeit verschafft in einem Weißwarengeschäft und saß den ganzen Tag zu Hause und nähte. Als er das dritte Mal kam, fragte ich ihn, wo er denn wohne, aber das wollte er mir nicht sagen. Und so trieb es mich dann manchmal wieder hinaus, weil ich dachte, daß ich ihn finden müsse, da ich mir vorgenommen hatte, ohne ihn nicht mehr nach Hause zu kommen.

Es war eines Abends gegen elf, da erwischte ich ihn, wie er gerade aus einem feinen Restaurant trat. Ich fragte ihn ins Gesicht: ‚Du lebst mit der Kellnerin zusammen.' Er sagte: ‚Das geht dich nichts an.' Da fragte ich ihn: ‚Liebst du mich denn nicht mehr?' — Und da antwortete er mir: ‚Wie kann ich dich denn noch lieben, wenn ich nicht mehr zu dir komme?' — Zuerst verstand ich ihn nicht. Was sagst du, fragte ich. Und da wiederholte er es mir: ‚Wie kann ich dich denn lieben, wenn wir doch nicht mehr zusammen sind.' Mir wurde grün und blau vor den Augen. Ich hielt mir die Hände vors Gesicht und rannte fort.

Ich mußte erst darüber nachdenken. Was verstand er denn unter Liebe, daß er mich nicht mehr lieben konnte, weil wir nicht mehr beieinander wohnten. Ich hatte ihn darum doch geliebt, das wußte ich. Ich fühlte und dachte alles nur so, wie wenn ich gar nicht mehr auf der Welt lebte, wie wenn er und sonst niemand dagewesen wäre. Ich liebte ihn und liebte ihn immer noch, ich hätte mein ganzes Leben lang für ihn arbeiten können; und er konnte mich nicht mehr lieben, weil er nicht mehr zu mir kam. Ich war kein dummes Kind mehr. Ich hatte derweil auch gefühlt, daß es etwas Süßes sei um das Beieinandersein. Aber da kam mir auf einmal der Gedanke, daß er von Anfang an gar nichts anderes gewollt hatte. Da rannte ich an den See hinunter und wollte mich ertränken. Aber das war mir nicht genug. Es tat mir so furchtbar weh in der Brust, daß mir das Wasser zu freundlich und zu lieb erschien. Ich lief durch die Straßen und dachte, wenn doch jemand käme und mich mißhandelte, daß mir die Sinne vergingen. Ich fühlte, wenn man mich mit Füßen treten würde, dann wäre mein Schmerz geringer. Ich mußte mich entwürdigen lassen, so tief, so tief wie es möglich war, dann spürte ich vielleicht nichts mehr von den Krallen, die mir das Herz abdrückten.

Ich dachte lange nach. Ein Herr kam und strich mir über das Haar. Ich wäre vielleicht mit ihm gegangen. Aber er war mir zu freundlich, er war mir zu anständig. Er trug Glacéhandschuhe und kam mir vor, wie jemand, der mich retten wollte. Nein, nein; ich mußte hinunter, hinunter, wo man nichts mehr sieht und hört. Ich sagte mir, ich müsse so elend werden, daß ich meinen Kummer nicht mehr fühlen könne.

Mein Geliebter hatte mir gesagt, daß es in Zürich Frauen gäbe, die junge Mädchen zu sich nähmen, um sie zu verkaufen und bis aufs Blut auszusaugen. Ich fragte einen Polizisten, der mich an der Straßenecke sitzen sah, wo solch eine Frau wäre. Er fragte mich, ob ich schon einmal dort gewesen sei, und ich sagte ‚ja'. Darauf nahm er mich am Arm und führte mich zum Wachtlokal. Dort saß ein Herr mit rotem Gesicht, einem schwarzen Schnurrbart und einer blauen Brille und fragte mich wieder, ob ich schon bei einer solchen Frau gewesen. Und ich sagte wieder ‚ja'. Dann fragte er, wo denn das gewesen sei, und ich zeigte mit dem Finger irgendwohin; ich sei ganz fremd hier, ich sei heute zum erstenmal fortgegangen und ich könne mich nicht zurückfinden. Darauf gab er mir zwei Polizisten mit, und die brachten mich hierher. So bin ich hierhergekommen ..."

„Aber lebt es sich hier denn nicht ganz hübsch?"

„Anfangs war Madam unzufrieden mit mir, weil ich immer so finster dreinsah. Aber seit sie gesehen, daß die Abscheulichsten von unseren Herren immer mit mir gehen und ich nie einem ‚nein' sage, seitdem hat sie mich ebenso gern, wie die muntere geschickte Mademoiselle Palmyra, die mit mir hier ist."

Es war Sonntag am andern Morgen, als sich der junge Mann wider im Freien befand. Die Glocken läuteten; Männer, Frauen und Kinder kamen aus der Kirche. Der junge Mann hätte bei sich gerne einen Witz darüber gemacht, aber es war ihm nicht behaglich. Er war sich nie so klein erschienen; er war sich aber auch selber nie so gut erschienen. Er kannte sich nicht wieder. Er verglich die sorglose, sonnige Stimmung der Kirchgänger, die soeben ihrem Prediger zugehört und sich jetzt auf ein gutes Mittagessen freuten, mit dem Ernst in seiner eigenen Seele, und er gestand sich, ohne einen Funken von Frivolität oder Koketterie, daß er sie nicht beneide. Als er am Abend hinging, hatte er die Maske des Bußpredigers angenommen. Jetzt war es ihm, als hätte er selbst dem Bußprediger gelauscht: Er hatte an Unschuld glauben gelernt, wo er es am wenigsten gesucht. Er mußte sich selbst verachten, wenn er an das Mädchen zurückdachte. Sie hatte nie etwas Böses gewollt und das schwarze Los gezogen. Er hatte nie in seinem Leben etwas Gutes gewollt und war noch nicht gänzlich verloren; das fühlte er. Der Eindruck blieb ihm fürs Leben.

Bei den Hallen

8. September.

Ich erwache gegen vier. Die Vorhänge sind noch zugezogen. Es ist stockfinster im Zimmer. Ich zünde die Lichter an und stehe allmählich auf. Ich fühle mich von den gestrigen Strapazen wie neugeboren; eine eigentümliche Beweglichkeit in den Gelenken, den Kopf frei und den Körper um zwanzig Pfund leichter. Ich fühle mein spezifisches Gewicht...

Wie ich auf die Straße trete, spielt die Abendsonne in den obersten Fensterscheiben. Ich gehe in mein kleines Restaurant, kaufe mir unterm Odeon Maeterlincks Princesse Malaine und lese sie im Café auf einen Zug durch. — Hätte er seinen Geistern etwas mehr Fleisch gegeben, sie wären wohl auch länger am Leben geblieben. — Ich diniere im Palais Royal und arbeite zu Hause bis Mitternacht.

Wie ich um zwei Uhr aus der Brasserie Pont-Neuf komme, geht ein Mädchen in fliegendem Radmantel vor mir her; das erinnert mich an Marie Louise; aber sie ist es nicht.

Ich gehe zu Bovy im unbewußten Bedürfnis, etwas über Raimonde zu erfahren. Das einzig bekannte Gesicht in der kleinen Bude ist Marie Louise. Sie bittet mich um ein Glas Milch und erzählt mir, es habe sich gestern ein Mädchen im Café d'Harcourt auf der Terrasse mit Sublimat vergiftet. Raimonde sei noch im Quartier. Sie sei dans la purée. Sie habe vierzigtausend Franken Schulden. — Das erfüllt mich mit ungeheurer Genugtuung.

Ich frage sie, ob sie noch Morphium nehme. Nein, schon lange nicht mehr. Sie schlägt ihren Radmantel auseinander und macht mich darauf aufmerksam, daß sie von ihrer Last befreit ist. Sie war ihrer Fehlgeburt wegen drei Wochen im Spital; dabei hat man ihr das Morphium abgewöhnt. Sie sieht auch in der Tat um vieles besser aus. Sie schminkt sich nicht mehr, schläft des Nachts wie ein Kind und ist beim Erwachen von keinen düsteren Gedanken mehr heimgesucht. Vor dem Einschlafen liest sie immer noch im Bett. Sie liest jetzt „La faute de l'Abbé Mouret". Sie hätte sich nie gedacht, daß Zola ein so hübsches Buch schreiben könne. Sie hat vorher den „Assommoir" angefangen, aber sie findet ihn geschmacklos und langweilig. So etwas könne sie auch noch schreiben, wenn sie die nötige Zeit hätte.

Derweil drängt sich ein Mädchen an mich heran, dem ich vor einem halben Jahr einmal einen Louisdor gegeben. Ich weiß nicht mehr, wie sie heißt. Damals war sie in Schwarz; jetzt trägt sie ein nagelneues helles Kleid mit blauseidenem Einsatz! Ich hatte ihr eines meiner feingeblümten Hemden gegeben, darauf nahm sie ein Buch zur Hand „La Fille Elisa" von Edmond de Goncourt, das mir die kleine Germaine geliehen, las es bis zum lichten Morgen durch und lief davon. Das Hemd hätte sie auch gern mitgenommen. Ich muß ihr versprochen haben, ihr statt dessen einen Brillantring zu schenken.

Sie hat ein rundes bleiches Gesichtchen mit vollen Wangen und hübschem Kinn, ein feines Stumpfnäschen, blühende Lippen, nach außen emporgezogene schmale Brauen und ein ungemein sympathisches, feuchtschwarzes Augenpaar.

Da sie äußerst elegant gekleidet ist und blinkende gelbe Glacés trägt, setze ich voraus, daß sie auch persönlich gewonnen hat. Sie wohnt auch nicht mehr Hotel Voltaire in der Rue de Seine, sondern in der Rue St. Sulpice im ersten Stock.

Ich frage sie, ob sie etwas trinken wolle. — Nein, sie habe keinen Durst.

Ich habe in meinem Leben kein so nettes, behagliches Zimmerchen gesehen.

Es ist mit gelbem, feingeblümtem Kattun austapeziert, als wäre mein Nachthemd von damals dazu verwendet worden. Aus dem nämlichen Stoff sind die enormen Bettgardinen, die das halbe Gemach einnehmen.

Das Mädchen in seinem korngelben hübschen Kleid mit dem blauen Einsatz paßt so ausgezeichnet in dieses niedliche Etui, daß ich mich in dem kleinen Raum zwischen Tür und Fenster von allem, von der Welt, von Sünde, von Verschwendung, Gefahr und Pflichten durch Ätherfernen getrennt fühle.

Sie fragt mich, ob ich gern eine Chartreuse trinke, nimmt ein geschliffenes Flakon vom Kamin und füllt zwei Gläschen.

Die Chartreuse hatte die Farbe von flüssigem Gold und rinnt auch so ungefähr durch die Adern. Dabei sprechen wir über ihre „Kolleginnen".

Ob Lulu und Nini sich lieben, wisse sie nicht; es sei möglich, warum nicht. Lulu wohne zwar in ihren eigenen Möbeln, es sei aber nur ein ganz kleines Loch, ein einziges Zimmer, in dem sie ihre paar Möbel aufgestellt. Dabei sage sie jedermann, dem sie begegnet, sie wohne in ihren eigenen Möbeln. Lulu sei entschieden die Dominierende, die Intelligenz, während Nini den Pudel machen müsse und nur mit denjenigen Herren gehen dürfe, die ihr Lulu erlaube. — Ob ich Lulu denn kenne?

Ich sage nein und füge unvorsichtigerweise hinzu, es sei meine Schuld nicht.

Darauf kommt die Rede auf Raimonde. — Ja, das sei eine! — Sie hat mich in jener denkwürdigen Nacht mit ihr au grand Comptoir gesehen. — Auf wieviel einen die wohl zu stehen komme?

Um meine Unvorsichtigkeit mit Lulu wieder gutzumachen, sage ich auf — fünfzehn Franks.

Pas plus que ça?

Nein, sie habe noch darum winseln müssen.

Wie mir denn Raimonde gefalle?

Ich schüttle ernst den Kopf und sage: C'est une belle femme!

Darauf zählt sie mir Raimondes sämtliche Geliebten her — la grande Zusanne, die kleine Lucie, die damals mit uns au grand Comptoir war, die hübsche Lucienne, die mit uns zusammen bei Barrat war usw. usw. — sie begreife es nicht, wie man sich mit einem Mädchen schlafen legen könne!

Ich sage, sie werde sich wohl einen Geliebten halten.

Oh là là! Es seien die Freunde von anderen Mädchen, die zu ihr kämen, um das Geld, was die Mädchen ihnen geben, mit ihr durchzubringen. Daher kenne sie es. Nein, sie möchte in ihrem Leben keinen Geliebten.

Ich sage, es sei doch schön, einen zu haben, der einem ganz gehöre, mit dem man nicht handeln müsse, dem man Gutes tun und dem man sich nur aus Liebe geben könne.

Sie lachte hell auf. Es seien ja die Männer, die die Frauen, von denen sie Geld hätten, beherrschen. Die Frauen lägen ja vor ihnen auf dem Fußboden. Es seien ja nur Sklavinnen.

Während wir so sprechen, sehe ich ein Kartenspiel auf dem Tisch. Ich frage sie, ob sie die Karten schlage; sie fragt mich, ob sie sie mir schlagen soll — dire la bonne aventure, die Prozedur nimmt eine gute halbe Stunde in Anspruch. Wir nehmen einander gegenüber Platz, und sie erzählt mir viel von meiner Mutter, von meinen beiden Schwestern, von einem Haufen Gold, den ich von einem blonden Herrn erhalten werde, in dem ich sofort meinen Verleger erkenne.

... eine Stunde später wird meine Angebetete plötzlich munter und meint, wir könnten noch ein wenig zu den Hallen gehen, un peu vadrouiller. Es sei so warm draußen und so eng hier im Zimmer. — Meine Einwendungen helfen nicht viel. Ich erhebe mich mit Ach und Krach, wir trinken rasch noch eine Chartreuse und schlendern durch die graue Morgendämmerung über den Pont-Neuf den Hallen zu. Sie möchte nur gerne eine Soupe au fromage essen au grand Comptoir. Es werde jedenfalls große Gesellschaft da sein.

Es ist weder Musik noch Gesellschaft da. Im hintern Lokal sitzen einige vereinsamte Grisetten. Meine Schöne bestellt die Suppe, ich eine Flasche Wein, und wir essen schweigend in uns hinein. Darauf kommt der Kellner: Des écrévisses? Une douzaine de marènes? Un demi poulet? — Sie schüttelt dreimal den Kopf, und der Kellner geht. Das rührt mich fast bis zu Tränen. Ich rufe ihn zurück, er solle zwei Dutzend Austern bringen; und während wir sie schlürfen, sage ich, wir wollten dann zum Kaffee zu Barrat gehen.

Bei Barrat sind die Lampen schon ausgelöscht. Uns gegenüber sitzt die Musikgesellschaft und verzehrt ihr Souper. Meine Schöne fragt mich, wie mir die Frau gefalle. Ich entgegne, sie habe nur zu sehr das Aussehen einer Kokotte. Darauf fragt sie mich, ob sie denn nicht das Aussehen einer Kokotte habe. Ich sage ihr eine Schmeichelei, worauf sie mich fragt, ob denn Raimonde nicht das Aussehen einer Kokotte habe? — „Mais c'est une belle femme!" sage ich, was sie mir zugesteht: „Tu l'aimes à la folie!"

Ich habe fünf oder sechs Tassen getrunken und möchte noch mehr. Aber hier ist mir der Kaffee zu teuer, die Portion kostet einen Frank. So mache ich den Vorschlag, wir wollten noch au Chien qui fume gehen. Sie kennt das Lokal nicht. Ich sage, es liege dicht in der Nähe. So pilgern wir im ersten Sonnenblick des Tages durch endlose Spaliere von Blumenkohl, von weißen und roten Rüben au Chien qui fume, klettern die Wendeltreppe zum Salon hinauf, setzen uns ans Fenster und haben das dichte Marktgewühl der Hallen unter unsern Augen. Wir kommen dahin überein, daß es nichts Schöneres auf Gottes Welt gibt als mit anzusehen, wie so recht gehörig gearbeitet wird.

Um unseren Betrachtungen im vollsten Maße gerecht zu werden, bestelle ich statt des Kaffees wieder Austern und eine Flasche recht kräftigen Wein dazu.

Der große Napoleon liefert den Stoff zur Unterhaltung. Mein kleiner Engel betet ihn an. Wenn sie ein Mann wäre, dann könnte sich Europa in acht nehmen! — Wir sprechen vom Herzog von Leuchtenberg, für dessen schöne Augen sie schwärmt und ich schildere ihr das prachtvolle Grabmonument, das er in der Michaelskirche in München hat. Sie meint, er sei der Schwager Napoleons gewesen. Ich halte ihn für seinen Stiefsohn. Wir sind beide unserer Sache nicht ganz sicher.

Sie hat kürzlich ein Buch gelesen, der Name des Autors ist ihr entfallen, das sämtliche Maitressen am französischen Hof, von Diane de Poitiers bis auf die schöne Therese behandelt. So sprechen wir von der Dubarry, der Maintenon, Madame de Pompadour, Madame de Sévigné, Madame de Staël, von Adèle Courtois, von der Soubise, von Cora Pearl, Giulia Barucci, Anna Deslions und gelangen schließlich glücklich bei der Päpstin Johanna an.

Dann kommt die Rede auf kulinarische Genüsse, auf die verschiedenen Restaurants im Quartier und à l'autr' côté de l'Eau. Mit den kleinen Restaurants mit festen Preisen sei es nichts. Man bekomme zwar ein vollständiges Diner, aber werde nicht satt davon, wenn man arbeite. — Ich muß ihr recht geben. Ich habe die gleiche Erfahrung gemacht. — Ebenso wie ich, kann sie nur grüne Gemüse verdauen. Von Spargeln abgesehen, zieht sie Brüsseler Kohl allen übrigen vor. Blumenkohl ist ihr zu fade. Es geht ihr wie mir. Wir sprechen von frischen Erdbeeren, von Ananas; wir werden allmählich ein Herz und eine Seele. Wie sie für einen Augenblick hinausgeht, bitte ich den Kellner, eine Flasche Pommery zu bringen.

Ein milder Sonnenschein liegt über den Hallen. Vor unserem Fenster wimmelt es wie ein Ameisenhaufen. Die hohen bunten Barrikaden aus Rüben und Blumenkohl sind schon verschwunden — vielleicht schon gegessen. Ich fühle mich unsagbar wohl.

Das Mädchen scheint mir aus guter Familie. Ich bemerke nichts an ihr, was dem nicht entspräche. Sie setzt sich mir wieder gegenüber und hebt das Glas zum Mund, wie sie es in besserer Gesellschaft nicht besser könnte. — Sie ist aus der Normandie, aus Falaise. Ich kenne das Nest zur Genüge, um sie kontrollieren zu können. Die Maison Tellier von Maupassant hat sie auch gelesen, aber lenkt das Gespräch davon ab. Sie sagt, sie habe in Falaise noch eine reiche verheiratete Schwester, die jeden Winter nach Paris komme, aber sie sähe sie nicht. Sie selber erwartet auch noch Geld, wenn sie volljährig geworden, einige dreißig bis vierzigtausend Franks. Sie werde sich jedenfalls sofort Toiletten kaufen und wohl in drei Monaten damit fertig sein. Vom geringsten Wunsch, sich bei der Gelegenheit wieder ins Privatleben zurückzuziehen, ist nichts zu entdecken. Sie sagt, sie passe nicht mehr dahin, nach Falaise, wo man abends um acht Uhr schlafen gehe und morgens um sieben Uhr aufstehe, wo man Sommer und Winter nicht ins Café gehe und das Jahr nicht eine Nacht vadrouillieren könne. Ich mache ihr den Vorschlag, wenn sie ihr Geld bekomme, mich zu ihrem speziellen Freunde zu wählen. Ich mache sie auf meine Vorzüge aufmerksam, auf mein leichtes Gemüt und meine Übung im Verkehr mit Damen. Sie lacht und sagt, ich sei ja reicher als sie. Ich schüttle den Kopf, ich hätte keine dreißig- bis vierzigtausend Franken mehr zu erwarten. Gut denn, sie sei damit einverstanden, wenn ich das, was ich noch hätte, mit ihr durchbringen wolle; ich brauche es nur auf den Tisch zu legen. Ich ziehe vor, nicht darauf einzugehen, um meinen Kredit nicht zu schädigen.

Ich sehe nach der Uhr und sage mir, sie ist stehen geblieben. Ich frage den Kellner: Weiß Gott schon halb eins! Meine Schöne ist nicht weniger überrascht. Jetzt müssen wir doch notwendig noch dejeunieren.

Vor dem Spiegel will sie ihr Haar ordnen, aber sie sieht sich nicht. Der Spiegel ist von oben bis unten über und über mit Inschriften bedeckt; nicht so viel freier Raum, um eine Briefmarke darauf zu kleben. Dessenungeachtet bittet sie mich um einen Diamanten. Ich gebe ihr meinen Hemdknopf, aber er schreibt nicht. Ich sage, ich müsse ihn gelegentlich wieder schleifen lassen.

Der blendenden Sonne wegen gehen wir unter den Hallen durch, und zwar über den Blumenmarkt. Rosen vom zartesten Schnee bis zur tiefsten Kohlenglut liegen zur Rechten und zur Linken haushoch aufgeschichtet. Ich ziehe gierig den betäubenden Duft in die Nase. Ich empfinde ihn als ein kräftiges Stärkungsmittel. Im Grand Comptoir herrscht angenehme Kühle. Der Kellner, der sich erinnert, uns vor zehn Stunden schon einmal gesehen zu haben, fällt vor Ehrfurcht auf den Bauch. Wir hegen beide das Bedürfnis nach etwas Erfrischendem und dejeunieren mehr aus Pflichtgefühl. Wir einigen uns über eine Poulet-Mayonnaise, eine riesige Schüssel Salat, einen Korb voll Pfirsiche und saftiger Birnen und einen leichten Weißwein. Den Kaffee werden wir im Quartier einnehmen.

Mit den appetitlichsten Fingern einen Pfirsich schälend, fragt mich meine Schöne, wie sie denn nun eigentlich aussähe. Ich sage natürlich: Bezaubernd. Sie sieht ein ganz klein wenig nach dem Sezierſaal aus. Der feuchte Glanz ihrer Augen ist indessen noch der nämliche und, was mich nicht weiter überrascht, auch das blühende Rot ihrer Lippen.

„Du hast etwas Karmin aufgelegt?"

„Nein, das ist echt. Ich habe immer solche Lippen." — Und sie beweist es mir, indem sie mit aller Energie mit dem feuchten Taschentuch reibt. Das braucht sie gerade nicht blasser zu machen, denk' ich mir, aber was liegt mir denn daran.

Im offenen Fiaker fahren wir über den Pont St. Michel ins Quartier zurück. Paris zeigt sich uns in seinem schönsten Glanz; oder bin ich vielleicht außergewöhnlich dafür empfänglich? Die glitzernde blaue Seine mit ihren unzähligen Dampfschwalben, ihren dunklen Bugsierschiffen, ihren langen, weiß schimmernden Kähnen, die Bäume auf dem Boulevard, deren letztes Grün in der warmen Mittagsluft zittert, in deren Zweigen da und dort noch bunte Serpentinen vom letztjährigen Karneval baumeln — alles trägt dazu bei, meine Stimmung zu erhöhen, und scheint mir vom lieben Gott auch nur dazu geschaffen zu sein.

Im Café de la Source schlug mir meine Angebetete eine Partie Petits paquets vor. Sie gewinnt eine Kleinigkeit, die ich ihr in zwei Taillen wieder abnehme. Darauf gewinnt sie fünf Franks, bricht das Spiel ab und dringt auf Bezahlung. Ich vertröste sie auf übermorgen; da sie aber nicht nachläßt, rücke ich schließlich, in der Erwägung, daß für sie, umgekehrt wie für mich, Zeit Geld ist, damit heraus, unter der Bedingung, daß sie mir im Café Vachette noch einen Kaffee bezahlt. Ich habe tatsächlich keinen Sou mehr in der Tasche.

Wir schlendern ins Café Vachette. Der Kellner, der mich hier täglich in meiner einsamen Ecke sitzen sieht, fragt mich mit verdoppelter Höflichkeit, was gefällig sei. Ich verweise ihn an Madame. Madame fühlt sich in ungeheuchelter Verlegenheit. Sie stammelt mit niedergeschlagenen Augen: „Zwei Kaffee". — „Mit Kognak?" fragt mich der Kellner. — Das hänge von Madame ab. — „Mit Kognak natürlich!" beeilt sich Madame zu bemerken.

Wir fühlen uns beide etwas abgeschlagen. Nachdem ich ausgetrunken, bitte ich sie, mir noch einen zu bezahlen. Die fünf Frank hält sie in der Hand; sie hat sie noch nicht eingesteckt, und wie der Kellner vorbeikommt, bestellt sie noch einen Kaffee für mich.

Es ist halb vier. Ich habe nicht mehr viel Zeit

übrig. Wir gehen zusammen zum Carrefour de l'Odéon, dort trennen wir uns. Ich sehe ihr noch eine Weile nach. Wie sie mit ihrem leichten elastischen Schritt um die Ecke von St. Sulpice biegt, fällt mir ein, daß ich vergessen habe, sie nach ihrem Namen zu fragen. Ich gehe in mein Hotel, ziehe die Gardinen zu und lege mich angekleidet aufs Bett. — — —

Wie ich diese Zeilen wieder durchlese, fällt mir etwas an ihnen auf. Das ist das eigentümliche an Tagebuchblättern, wenn sie echt sind, daß sie keine Ereignisse enthalten. Sobald die Ereignisse ins Leben eingreifen, verlieren sich Freude, Interesse und Zeit für das Tagebuch, und der Mensch findet die spontane Naivität des Kindes oder des Tieres in seiner Wildnis wieder.

Ich langweile mich

(1883)

9. Februar.

Ich langweile mich so entsetzlich, daß ich wieder meine Zuflucht zu meinem Tagebuch nehme, das ich seit zehn Monaten nicht mehr weitergeführt habe. Zu Tisch kommt Wilhelmine, und wie Karl und ich sie den Schloßberg hinunterbegleiten, überlege ich mir, wie es am besten anzufangen wäre, sie für den Winter zum Austausch von Zärtlichkeiten zu bewegen. Sie ist in der Tat ganz reizend geworden, ihre schwarzen Augen, ihr hübsches Köpfchen, die hübschen vollen Arme, mit denen sie nach Herzenslust prahlt. Sie steht offenbar erst jetzt, wiewohl schon siebenundzwanzig Jahr alt, in ihrer vollen Blüte.

12. Februar. Wilhelmine läßt mir sagen, ich möchte sie zur Eisbahn abholen und daß sie bis über die Ohren verliebt sei. Wie ich eintrete in ihr Boudoir, drückt sie mir eine Photographie in Kabinettformat in die Hände, das sei er. Während ich ihn mir betrachte, pflanzt sie sich mit dem Album in der Hand vor mir auf und rezitiert mir mit haarsträubenden Gebärden einige Knittel, die sie an ihn gerichtet. Auf der Eisbahn, während wir Hand in Hand Schlittschuh laufen, zieht sie die Photographie wieder aus der Tasche,

liebäugelt sie und verliert alle zehn Schritt einen Schlittschuh. Das nämliche Spiel vollzieht sich während des Heimweges. Auf meiner Stube bedeckt sie das Bild mit Küssen und läßt es von oben nach unten und von unten nach oben langsam aus der Enveloppe gleiten, um die verschiedenen Reize gradatim und detailliert genießen zu können. Nur vier Wochen möchte sie mit ihm zusammen reisen können; er ist nämlich ein berühmter Tenor. Für ein halbes Jahr mit ihm gäbe sie gern ihr ganzes Leben hin. Ich kann es ihr nicht verdenken; ihr Leben war bis jetzt ziemlich eintönig und freudlos und wird es voraussichtlich auch in Zukunft sein. Während wir vierhändig spielen, drückt sie bei jeder Viertelspause einen Kuß auf die angebeteten Züge. Nach Schluß der Etüde verfällt sie in absolute Agonie, sinkt in der Sofaecke zusammen und läßt sich ohne das geringste Widerstreben von mir liebkosen. Nur hin und wieder stammelt sie mit ersterbender Stimme: „Ach, du bist so unappetitlich, so unappetitlich!" —

Gott segne dich, göttlicher Tenor. So freilich hatte ich mir die Entwicklung nicht vorgestellt. Ich scheine mich nicht mehr so fürchterlich langweilen zu sollen.

13. Februar. Wilhelmine empfängt mich mit offenen Armen. Sie hätte am Abend ihre Arie nicht singen können, wenn ich sie nicht vorher in Stimmung versetzt hätte. Der Cäcilienverein will nämlich den „Waffenschmied" aufführen. Sie

behauptet, ich hätte zu weichliche, weibliche Lippen. Ich alter Schafskopf exekutiere meine alten probaten Komödien. Sie besteht übrigens darauf, daß von Liebe zwischen uns nicht die Rede sein könne. Mir ist es furchtbar gleichgültig, wovon die Rede ist. Wenn ihr Mund nur zum Sprechen da wäre, würde ich ihn ihr zunähen. Der Wolkenbruch ihrer Gefühle läßt mich zu keinem Angriff gelangen. Ich liebe den Ernst und die Ruhe, wenn es sich um Vergnügungen handelt. Nach zehn Minuten erklärt sie sich Gott sei Dank für gesättigt. Sie hat auch schon ein Gedicht an mich gemacht, das indessen trotzdem von Liebe handelt. Sie beherrscht offenbar die Sprache nicht genug, um das Wort zu vermeiden. Darauf erzählt sie mir, wie und wo sie küssen gelernt habe, eine langweilige larmoyante Geschichte ohne Höhen und Tiefen, aus der ich aber die Überzeugung gewinne, daß sie ihren Mädchennamen noch mit voller Berechtigung führt. Plötzlich fragt sie mich, wo ich es gelernt habe, aber ich hülle mich, so unerwartet überrascht, in düsteres Schweigen, indem ich mich meiner Lehrerin, der guten alten Tante Helene, herzlich schäme.

16. Februar. Nach Tisch gehe ich, um Wilhelmine zum Abendbrot abzuholen. Sie sagt, von heute ab müsse alles zwischen uns aufhören. Ich entgegnete, ich hätte ja noch gar nicht angefangen, ob sie ungeduldig sei, mir eile es durchaus nicht. Sie hat nicht weniger als sechs Gedichte

gemacht, die ihren Entschluß variieren. Sie holt ihren Revolver, drückt mich ins Sofa, stemmt mir das Kinn gegen die Brust und liest mir, den gespannten Revolver gegen meine Stirn gerichtet, ihre Gedichte vor. Zitternd an allen Gliedern, bitte ich sie, aufzuhören. Plötzlich wirft sie mir ein weißseidenes Tuch über den Kopf, fällt mir um den Hals und küßt mich durch das Tuch, gerät dann über sich selbst in Wut und wirft mir ihren Pantoffel ins Gesicht. Darauf beschwört sie mich, ich möchte auch einmal ein Gedicht an sie machen. Ich schreibe drei kurze Strophen zusammen, in denen ich aber Brodem auf Sodom reime, wodurch sie tief beleidigt ist.

Abends auf dem Söller in der Fensternische gesteht sie mir, sie habe nur einmal schmecken wollen, wie die Liebe tue, und sei an der Angel hängen geblieben. Übrigens wolle sie aufhören, bevor sie beiseite gelegt werde. Dann verlangt sie auch von mir volle Aufrichtigkeit. Ich frage sie, ob sie wisse, was das Entsetzlichste im Leben sei. Sie antwortet: Begierde ohne Befriedigung. Ich schüttle den Kopf; ich flüstere ihr ins Ohr: Langeweile! — Sie empfindet tiefes Mitleid mit mir.

Beim Souper wird die Frage aufgeworfen, ob der Weg zu den Lippen durchs Herz, oder ob der Weg zum Herzen über die Lippen gehe. Die Meinungen sind sehr geteilt, und die Diskussion wird lebhaft. Meine Mutter verteidigt den Weg durchs Herz; Wilhelmine spricht mit aller Entschiedenheit für den Weg über die Lippen. Karl, der seit acht Tagen von früh bis spät Holz spaltet, um seine Nerven zu beruhigen, meint, der Weg zum Herzen führe nicht über die Lippen, sondern durch die Ohren, und der Weg über die Lippen führe nicht zum Herzen, sondern in den Magen. Wilhelmine will mein Gedicht zum besten geben, kommt aber nicht dazu, da sie es in ihrem Busen verwahrt hält. Meine Mutter meint, wir seien ja unter uns, aber meine Teure entgegnet, es sitze zu tief. Bei diesen Worten schlägt Karl errötend die Augen nieder.

Nach dem Souper zünden Karl und ich im Saal eine große Reiswelle im Kamin an. Darauf holen wir vom Estrich über den Verließen den Koffer mit den türkischen Kleidern. Als wir ihn über den Hof tragen, schlagen die hellen Funken aus dem Schornstein über dem Saal und verlieren sich oben in den Sternen. Karl meint, wenn das Dach Feuer fange, hätten wir nicht einmal Wasser, da der Weiher zugefroren sei. Ich beruhige ihn; was es denn schaden würde, wenn das ganze Schloß in Flammen aufginge! die Herrlichkeit dauere ja doch nicht mehr lange.

Im Saal kostümiert sich die ganze Gesellschaft türkisch. Meine Mutter trägt einen bis zur Erde reichenden Mantel aus Genueser Sammet mit goldenen Borten. Darin tanzt sie mit unvergleichlicher Verve und Biegsamkeit eine Samaqueca auf dem Smyrnateppich. Wilhelmine, Karl, die beiden Kleinen und ich sitzen auf Sofakissen um sie herum und trinken Kaffee. Karl spielt die Handharmonika, und ich begleite ihn auf der Gitarre. Darauf tanzen Gretchen und Elsa ein Pas de deux, das ihnen meine Mutter einstudiert hat. Dann erzählt sie von ihren einstigen Bühnenerlebnissen in San Francisco, in Valparaiso, von dem Leben auf den Hazienden und von ihrem ersten Mann, der am Schluß jedes Konzertes schon immer alles wieder verspielt hatte, was er beim Beginn an der Kasse eingenommen. Er sollte nicht weniger als dreimal in seinem Leben erschossen werden, einmal bei einem Aufstand in Venezuela, einmal bei der Kommune und zum letztenmal im Russisch-Türkischen Krieg. Gegenwärtig fungiert er als Zeremonienmeister im Palais de Glace in Paris. Ich freue mich unendlich darauf, ihn kennenzulernen. Plötzlich entdeckt Gretchen mit ihrem alles durchdringenden Blick einen blutroten Flecken an meinem Hals. Es wird mir schwer, das Lachen zu verbeißen. Als ich Wilhelmine den Berg hinunter begleite, bringe ich ihr, um sie zu trösten, auf allerhand Schleichwegen bei, daß sie nicht die einzige sei, sondern nur eine Repräsentantin; daß das gerade für mich das Interessante sei, sie in erster Linie als Typus und dann erst als Individuum zu betrachten. Ich sage ihr, die Menschen glaubten so häufig, die einzigen in ihrer Art zu sein, so auch die Männer, wenn sie an eingebildeten Krankheiten litten. Würden sie sich vergegenwärtigen, daß das fast jedermann begegnet, so wäre die Krankheit schon geheilt.

17. Februar. Zwischen zwei und drei Uhr gehe ich zu Wilhelmine. Ihre Schwester ist zu Hause. Als sie endlich in ihren Frauenverein geht, sehen wir beide ihr mit Gefallen zum Fenster hinaus nach. Es gibt Menschen, die man lieber von hinten als von vorne sieht, die von vorne gesehen Schmerz, von hinten gesehen Freude verursachen. Ich erkläre Wilhelmine, das sei der Grund der griechischen Liebe. Sie begreift nicht, wie ein so auf das alleräußerlichste gerichteter Geist, wie ich, überhaupt nur über eine so ernste Frage nachdenken könne. Dann sprechen wir über Zylinderhüte. Wenn ich sie völlig abkühlen wolle, dann brauche ich nur im Zylinder zu ihr zu kommen. Wir wollten uns im Künstlerhut trauen und im Zylinder scheiden lassen. Beim Abschied bittet sie mich, wenn ich nur einen Funken Gefühl für sie habe, solle ich bis morgen ein Gedicht an sie machen. Wir wollten zusammen nach Aarau fahren, und ich sollte es ihr im Bahncoupé vorlesen. Gretchen kommt, um ihre Klavierstunde zu nehmen. Wilhelmine schiebt mich lautlos ins Nebenzimmer, würgt mich, daß ich blau und rot werde und kehrt mit der mütterlichen Ruhe einer Madonna ins Musikzimmer zurück, während ich mich auf den Zehenspitzen zum Haus hinausschleiche.

Nach dem Souper durchsuche ich meine sämtlichen Gedichte, kann aber nichts Passendes finden. Ich strecke mich der Länge nach auf den Diwan, aber es gelingt mir nicht, meine Gedanken auf sie zu konzentrieren. Ich schlafe ein.

18. Februar. Der große Tag. Nach Tisch stecke ich einen leeren Bogen Papier zu mir, in der Hoffnung, daß mir auf dem Weg den Berg hinunter noch etwas einfällt. Auf dem Bahnhof stürzt mir Wilhelmine entgegen, wo mein Gedicht sei. Ich sage, ich könne es ihr hier nicht vorlesen, und führe sie zu einer abgelegenen Bank in den Anlagen. Dort überreiche ich ihr den zusammengelegten Bogen, den sie mit vor Stolz und Freude strahlendem Gesicht entfaltet. Als sie nichts darauf geschrieben findet, sage ich, ich müsse die beiden Blätter zu Hause verwechselt haben. Sie gibt mir mit zornfunkelnden Augen eine Ohrfeige. Gott sei Dank fährt gleich darauf der Zug herein. Im Coupé küsse ich ihr ununterbrochen die Hand und versichere sie meiner aufrichtigen Liebe. In Aarau gelingt es mir bei einem Glase Bier im Gasthaus „Zum wilden Mann" ihre Nerven völlig zu beruhigen. Auf der Rückfahrt sitzen wir im ersten Wagen hinter der Lokomotive, und das Coupé liegt direkt über der Wagenachse. Wir werden bei der ersten Weiche von den Polstern emporgeschleudert, und ich halte sie in den Armen, geradeso wie vor drei Jahren auf der nämlichen Strecke, in dem nämlichen Coupé vielleicht, die rotlockige kleine Delila. Es war im letzten Jahr, da ich in Aarau das Gymnasium besuchte; und wir, Delila und

ich, fuhren jeden Morgen zusammen zur Schule und abends wieder zurück. Morgens überhörten wir uns gegenseitig unsere Arbeiten, und abends rauchten wir zusammen Zigaretten. Jetzt ist sie irgendwo Lehrerin und erzieht die kleinen Mädchen zur Tugend und Sittsamkeit. Der Unterschied ist immerhin ein bedeutender. Dort selige Hingabe, hier immer noch ängstliche Verschämtheit. Aber hier und dort die nämlichen läppischen Zwischenbemerkungen. Trotz der trüben, flackernden Beleuchtung sehe ich den Flaum auf der Wange, dazwischen einige Leberflecke und neben dem Auge zwei Runzeln, alles wie unter einem Mikroskop in fünfhundertfacher Vergrößerung. und ich frage mich, ob wohl der zarteste Teint in solcher Nähe standhält. Ich suche keine weitere Unterhaltung mehr anzuknüpfen, indem ich sie zur Genüge mit sich selber beschäftigt sehe, und bringe sie unter absolutem Stillschweigen nach Hause.

19. Februar. Zu Tisch kommt Wilhelmine, hält darauf auf meinem Diwan Siesta und versinkt sofort in tiefen Schlaf. Beim Erwachen erklärt sie mir, sie sei einerseits zu jung und anderseits zu alt für mich; ich müsse eigentlich zwei Frauen haben, eine von sechzehn und eine andere von sechsundvierzig Jahren. Darauf bittet sie mich, zu ihrer Schwester, der Frau Gerichtspräsidentin, zu gehen und ihr zu sagen, daß sie, Wilhelmine, morgen nicht in das Kaffeekränzchen kommen könne, da sie beim Stadtschreiber eine Klavier-

stunde zu geben habe. Unter fortwährenden Wonneschauern gehe ich darauf zum Gerichtspräsidenten. Ich klopfe an, Elisabeth öffnet und reicht mir freundlich die Hand. Das genügt, um mich für den ganzen Abend zum aufrichtigsten Ehestandskandidaten zu machen. Elisabeth ist fünfzehn Jahr alt, ein klein wenig plump, mit der strotzenden Büste und den wonnigen Hüften, wie sie diesem Alter manchmal eigen sind. Sie hat weder kleine Hände noch kleine Füße, aber einen angenehmen, ernstgemessenen Gang. Ihre Züge sind voll und blühend, wenn auch etwas scheu, die großen, dunkelblauen Augen blond, wenn auch etwas düster umrahmt. Ihr Anblick verwirrt mich, und ich muß bereuen, ihr nicht ein freundliches Wort gesagt zu haben. Ihre Mutter empfängt mich im Salon. Es macht einen eigentümlichen Eindruck auf mich, dieses Haus, das ich nicht mehr betreten, seit es eben gebaut war, nun so vollständig durchwohnt zu finden. Die jüngeren Brüder toben ums Haus herum, mit Wegfahren eines großen Aschenhaufens beschäftigt. Die Mutter erzählt mir mit Behagen und Stolz von ihrem Manne. Der Alte tritt ein und kneift seine Frau immer noch zur Begrüßung in den Arm. Auf dem Heimweg träume ich aufs lebhafteste davon, das hübsche kleine Tier baldmöglichst zu heiraten, sie in die große Welt hinauszuführen, auf Reisen und Abenteuer, in unserem Schloß uns ein herrliches Buen-Retiro wahrend. Ich träume mir den ehrenfesten Gerichtspräsidenten als Schwiegerpapa, ich träume mir die Elisabeth als Gattin, als Mutter, als Matrone an meiner Seite im Kreis einer Schar kräftiger Kinder und Kindeskinder.

1. März. Bei leichtem Schneefall führe ich Wilhelmine die Straße nach Seon hinaus und in den Wald hinein, wo sie in den frischen Fußstapfen ihres Vaters zu wandeln glaubt, der um Mittag auf die Jagd gegangen ist. Die feierliche Stille, der Friede der toten Natur begeistern uns zu endlosen Liebesgesprächen. Wäre ich Maler, ich würde sie heute heiraten. Für den Schriftsteller wäre die Ehe ein Verderb. Wenn ich gar aus Liebe heiratete, mich mit der Welt aussöhnte, dann könnte ich mich nur gleich begraben lassen. Sie sehnt sich danach, noch einmal recht innig zu lieben, aber nicht jetzt, später, so spät wie möglich. Sie behauptet, wenn ich jetzt auch wollte, sie würde gar nicht einschlagen. Darauf beginne ich aus voller Brust zu renommieren. Eine halbe Stunde nur, nur der Weg von hier bis nach Hause, und sie wäre bis zum Wahnsinn in mich verliebt. Sie schluchzt abgewandt in ihr Taschentuch. Ich sage, ich brauchte nur dem Idealismus die Zügel schießen zu lassen; es würde um so unfehlbarer auf sie wirken, da sie mich nur als Müßiggänger kenne. Sie bittet mich, sie nach Hause zu bringen. Sehr gestärkt kehre ich zurück. Zu Hause ist alles still. Ich lege mich früh zu Bett und sehne mich nach Paris.

9. März. Wilhelmine predigt Moral, sie fühle, sie habe eingebüßt, sie sei nicht mit sich einig, sie sage sich dann und wann, es sei unrecht. Sie fährt freudig auf und fragt mich auf Ehre und Gewissen, was sie mir sei. — Wozu sie das wissen wolle? — Das könne mir gleich sein. — Ich sage, ich könne sie ja auch anlügen. — Sie läßt den Kopf sinken: das sei eben das Traurige; damit behalte ich immer die Oberhand. — Ich frage sie, warum sie denn so plötzlich aufgefahren sei; wozu sie überhaupt gefragt habe? — Sie sagt, sie würde sich freier fühlen, wenn sie Gewißheit habe. — Ich sage: Gesetzt den Fall, sie sei mir nur Spielzeug. — Sie sieht über mich weg: Ich sei ihr eine angenehme Unterhaltung gewesen. — Vielleicht auch eine Fundgrube, eine Art Konversationslexikon? — An ihr, sagt sie, hätte ich wie an einem festgeschnallten Kaninchen Vivisektion geübt. — Aber wozu denn das alles? — Sie fühle sich freier. — Ich frage sie, ob sie nicht geglaubt, es habe doch vielleicht ein tieferes Gefühl bei mir Wurzel gefaßt? — Oh, nie und nimmer! Sie frage mich einzig und allein ihrer selbst wegen. — Abschied unter endlosen Umarmungen. Unter der Bahnbrücke begegne ich richtig noch der kleinen Elisabeth. Sie grüßt mich mit freundlichem Kopfnicken, was mir wohltut bis in die kleine Zehe. Ich erwidere ihren Gruß so würdevoll als möglich. Lächeln mag ich nicht. Ich fürchte den Scharfblick der Unschuld. Sie hat übrigens herrliche Lippen und tiefdunkelblaue

Augen. Zu Hause ergehe ich mich noch eine Stunde in gehobener Stimmung auf der hohen Schanze in der lauen Frühlingsluft. Die Amseln haben zu singen begonnen. Auf Schwarzwald und Jura leuchten die Fastnachtfeuer. Langweiliger Abend im Saal.

20. März. Nachdem ich seit vierzehn Tagen zum erstenmal wieder gefrühstückt, gehe ich ins Turnexamen der Mädchenschule. Die zweite Klasse hegt in ihrem Schoß nur ein einziges hübsches Mädchen; ein äußerst feines Gesicht, Teint wie Milch, schwarze Augen, feine Nase. Ausdruck ist wenig da bis auf einen Anflug von Verschmitztheit, der hinter der Maske lauert. Ein feiner Fuß und eine schlechte Haltung. In der dritten und vierten Klasse, die zusammen turnen, ist ebenfalls nur eine bemerkenswert, aber dafür ein Prachtstück, meine Elisabeth. Sie hat ihren Platz dicht vor uns. Ein strotzender Körper, ein gesundes Gesicht, frisch, ernst und nicht dumm. Musterhafte Haltung und eine durch die Fülle bedingte Weichheit in der Bewegung. Geradezu entzückend ist ein von den Mädchen aufgeführter Stabreigen, wozu der alte Lehrer ein altmodisches Menuett geigt.

25. März. Nach Tisch kommt meine Orsina herauf. Sie hat wieder ein ganzes Schock Gedichte an mich gemacht. Ich fühle mich außerstande, sie anzuhören. Wilhelmine ist tief gekränkt. Ich tröste sie, indem ich ihr zeige, daß ich

ihren Kummer begreife. Sie ist hausbacken sinnlich. Beim Kaffee werfe ich Gretchen aus purer Enervation einen Butterbrotteller an den Kopf. Sie weint und schließt sich in ihr Zimmer ein. Darauf gehe ich ins Examen der Mädchenschule, setze mich Elisabeth direkt gegenüber und ziehe einen zweiten Stuhl als Lehne heran. Dabei setze ich eine mißvergnügte Miene auf, teils um mir die übrigen Besucher vom Leib zu halten, teils um sie desto ungenierter fixieren zu können. Übrigens zeigt auch niemand das Bedürfnis, mich anzusprechen. Die Herren der Schulpflege bewegen sich mit unglaublich lächerlicher Wichtigkeit um die Tische, klappen die großen Hefte auf und wieder zu und bemühen sich, ohne an Würde einzubüßen, um die Luftheizung. Elisabeth bleibt vollkommen unbefangen, obwohl ihr mein Benehmen nachgerade aufgefallen sein muß. Ihre Lektion kann sie ausgezeichnet, wie übrigens alle. Im ganzen berührt mich das Examinieren höchst widerlich, besonders das Aufhalten der Finger, was bei einigen von giftigen Blicken begleitet ist. Ich nehme Elisabeths Aufsatzhefte zur Hand und schreibe ihr, da ich gerade einen Bleistift zwischen den Fingern halte, meine Gefühle als Randglossen hinein. Ihre Hefte sind nicht allzu sauber, die Schreibweise ist stellenweise eigenartig. Ich lese einen ganzen Aufsatz über eine Ferienreise. Darauf entferne ich mich, wie ich glaube, mit Effekt; es ist mir übrigens gleichgültig. Im Saal nebenan sehe ich noch ihre geometrischen Zeichnungen an, die auch nicht allzu geometrisch sind. Ich freue mich schon darauf, auch sie zum Narren zu halten. Die Heiratsgedanken sind verschwunden. Der alte Gerichtspräsident als Schwiegerpapa hat alle Anziehungskraft für mich verloren und sie als gefeierte Gefährtin nicht minder. Am Abend arbeite ich in meinem Turmzimmer. Da kommt der alte Bautz, der Goldige, die Pusi, und miaut vor der Tür. Ich antworte. Da ich aber nicht sofort öffne, beginnt sie an der Tür zu kratzen. Gestern hat sie es ebenso gemacht. Als ich sie dann hereinließ, ging sie direkt auf meinen Wandschrank zu und versuchte ihn mit der Pfote zu öffnen. Ich lasse sie herein, sie geht auf den Schrank zu, steigt behutsam in das unterste Fach, macht es sich auf meinen symbolistischen Manuskripten bequem und knurrt. Ich lehne die Tür etwas vor, damit nicht das volle Licht hineinfällt. Nach einer Weile beginnt sie, sich zu drehen und zu krümmen. Sie ächzt und schnurrt, biegt sich rückwärts und leckt sich. Darauf ein straffes, regelmäßig wiederkehrendes Spannen des Körpers. Bisweilen schnappt sie nach den zur Seite aufgestapelten Gedichten. Dann dirigiert sie das erste mit dem Maul heraus. Ich höre sie etwas verspeisen und sehe, wie sie heftig zubeißt. Die Prozedur wiederholt sich fünfmal. Die Entbindung dauert eine gute Stunde. Nachdem sie die Jungen gehörig abgeleckt, beginnen sie zu piepsen. Ich hole meine

Mandoline und trage ihnen Brahms Schlummerlied vor. Jetzt ist es halb vier. Ein feuchter erfrischender Wind weht voll zum offenen Fenster herein. Im ganzen Schloß klappen Türen und Fensterläden und in den alten Linden rauscht es wie ferne Brandung.

Der Verführer

Es ist wohl möglich, daß sich die Gunst eines jeden Mädchens ohne Ausnahme gewinnen läßt. Aber leicht wird es nicht immer. Die Hauptsache ist, daß man den richtigen Weg einzuschlagen versteht.

Die übrigen Herren des intimen Freundeskreises lauschten in gespanntester Erwartung.

Es war am 15. Juni im Jahr 18 . ., fuhr der Sprecher fort, als ich gegen Abend zu Tante Mathilde hinauskam und sie mir mitteilte, daß tags zuvor ihre Tochter Melanie von Brüssel zurückgekommen sei. Wir hatten kaum eine Viertelstunde geplaudert, als Melanie mit dezidiertem Schritt, ohne durch meine Anwesenheit überrascht zu sein, leicht errötend ins Zimmer trat. In körperlicher Beziehung hatte sie ungemein gewonnen, seit ich sie nicht gesehen. Ihre Taille war schmal geblieben, ebenso die Schultern, aber die Hüften und besonders die Formen des Korsetts fielen mir durch ihre majestätischen Linien auf. Mit dem Ausdruck unnahbarer Würde und einem eisigen Lächeln auf den Lippen reichte sie mir ihre geschmeidige kleine Hand und nahm auf einem schmalen Taburett Platz, auf dem sie wie auf einem Isolierschemel saß, und von dem aus sie mich mit Blicken maß, von denen ich mich wie von kleinkalibrigen Gewehrkugeln durchlöchert fühlte. Ich schlug die Augen nieder und wendete meine Bemerkungen über Brüssel und die Großstädte im allgemeinen fast ausschließlich an Tante Mathilde, die mich, nachdem wir noch etwa zehn Minuten gemütlich geplaudert, mit ihrer Tochter allein ließ.

„Wie wäre es, Herr Doktor, wenn wir einen Gang durch den Garten machten?" — sagte Melanie, um das peinliche Schweigen zu brechen, das, nachdem sich Tante Mathilde entfernt, zwischen uns obwaltete. Ich bot ihr meinen Arm und führte sie in den stockdunklen Garten hinaus, alle drei Schritte ein Streichholz anzündend, in der Befürchtung, wir möchten gegen einen Baum anrennen oder in die Johannisbeersträucher geraten, bis mir meine Cousine mit einer unvorsichtigen Geste die Schachtel aus der Hand schlug und mich hinter sich her in eine der Lauben zog, die zu beiden Seiten des Weges lagen.

Nachdem wir uns auf der breiten hölzernen Bank mit ziemlicher Mühe zurechtgetastet, nahm sie meine Hand in die ihrige, neigte sich mit ihrem Oberkörper über mich, die Lippen dicht vor meinem Gesicht, so daß ich ihren Atem spürte, und fragte mich, woran ich denke: „An die griechischen Inschriften auf den Denkmälern im westlichen Kleinasien," entgegnete ich, worauf sie meinte, ich hätte einen stark ausgeprägten sinnlichen Ton in der Stimme. Ich erklärte ihr aber, daß das Altgriechische, wenn es auch keine

Ursprache, sondern durchaus Kultursprache sei, doch auf unsere modernen Sprachen, zumal auf die, die wir sprechen, den schwerwiegendsten Einfluß ausgeübt habe, indem es durch die mit altgriechischen Inschriften bedeckten historischen Denkmäler gewirkt. So unterhielten wir uns noch eine Weile, dann fühlte ich ein Frösteln und geleitete Melanie, in der Befürchtung, wir möchten uns beide erkälten, ins Wohnzimmer zurück.

In den darauffolgenden Tagen beschäftigte ich mich mehr mit ihr, als ich erwartet hatte, und beschloß schließlich, da mir der Gedanke an ihren klassisch modellierten Körper keine Ruhe mehr ließ, sie für mich zu erobern.

Drei Tage später traf ich sie wieder bei Tante Mathilde. Es war drei Uhr nachmittags und die Tante schlief. Mit Gewalt oder Heftigkeit, das wußte ich im voraus, erweckte ich nur Empörung; ich mußte also vorsichtig sein. Melanie trug ein Kleid, wie man es bei heißer Jahreszeit nicht leichter tragen kann, in hellgrüner Seide, und so weit, daß es sie wie ein Hemd umflatterte. Über den Schultern war es durch zwei schmale Streifen gehalten. Sie streckte sich auf der Chaiselongue aus und lud mich ein, auf dem Fußende Platz zu nehmen. Dann hakte sie die zwei obersten Haken auf, um, wie sie sagte, besser atmen zu können. Sie schien auch in der Tat sehr unter der Hitze zu leiden, indem ihre Wangen hoch gerötet waren und sie kaum einen Augenblick ruhig liegen konnte.

Ich versuchte das Menschenmöglichste. Ich brachte das Gespräch auf Kleopatra, auf den Frühling, auf Tanzunterhaltungen, ohne dem Mädchen mehr als ein stummes, überlegenes Lächeln zu entlocken. Schließlich nahm ich sogar einen Pantoffel, der ihr zufällig vom Fuß gefallen und führte ihn an meine Lippen. Dabei kajolierte sie mir mit ihrem Fuße zuerst die Hände und dann das Gesicht. Wenn sie gewußt hätte, welch höllische Marter mir das verursachte, in welchem Orkan die Leidenschaften in mir tosten und brandeten! Aber sie lag da, so vertrauensselig, als hätte sie ein neugeborenes Kind neben sich. Ihre Lippen öffneten und schlossen sich wieder, ihre feine rote Zunge wurde zwischen den blanken Zähnen sichtbar, aber keine Spur von Verständnis für meine Taktik. Mir wurde auf meinem schmalen Sitzplatz zumute wie Napoleon auf St. Helena; und als ich das herrliche Weib nach zwei Stunden vergeblich aufgebotener Liebesmühe verließ, fragte ich mich trostlos und niedergeschlagen, wie die Natur ein solches Wesen schaffen könne, ohne ihm einen Funken menschlichen Gefühls einzuhauchen.

Am nächsten Tage überraschte sie mich mit der unvermittelten Frage, ob ich schon einmal geliebt habe. Ich hatte meinen Feldzugsplan von Grund aus umgestaltet und wußte nicht, ob ich mit Ja oder Nein antworten sollte. Ich hatte mir vorgenommen, sie gar nicht anzusehen und auf diese Weise ihre Eitelkeit zu kitzeln, sie zu demütigen und mich um so begehrenswerter zu machen. Tante Mathilde war zu einer Kaffeegesellschaft ausgefahren. Wir suchten den kühlsten Ort des Hauses auf und gelangten in einen kleinen, runden, hochgewölbten Gartensalon, in dem außer einem alten rotsamtenen Diwan nur gerade noch eine breite Fächerpalme Platz hatte. Hier, abgeschlossen von der Welt, erzählte ich ihr meine Geschichte. Nie in meinem Leben habe ich eine aufmerksamere Zuhörerin gefunden. Als ich auf die Katastrophe zu sprechen kam, wie das Mädchen, das ich aus tiefster Seele geliebt, mit einem Handelsreisenden nach Amerika durchbrannte, durchfuhr ihren Körper leises Zucken. Ich sah meinen Seelenschmerz von damals in ihren Blicken wiedergespiegelt. Ich begann zu hoffen, daß ich mich in ihrer Beurteilung geirrt. Da geschah etwas Unvorhergesehenes. Augenscheinlich hatte sie in ihrer Erregung das Knie zu fest an die Kante des Diwans gepreßt. Dadurch war die Schnalle ihres Strumpfbandes aufgesprungen, und das Strumpfband fiel zu Boden. Ich hob es auf und überreichte es ihr. Darauf folgte längeres Schweigen. Dann, ohne sich weiter vor mir zu genieren, streifte sie ihr Kleid etwas auf und befestigte das Strumpfband unter dem Knie. Sie trug seidene Strümpfe. Wäre ich in Gedanken nicht bei meiner ersten Liebe gewesen, wer weiß, wozu mich diese Arglosigkeit hingerissen hätte. Aber auch so vermochte ich meiner Empfindung nicht völlig Herr zu bleiben. Ich beugte mich nieder über den dunklen Lockenkopf und hauchte einen Kuß auf die weiße Stirne. Aber da fühlte ich, wie sie mich mit dem kleinen Finger zurückstieß. In ihren Blicken lag etwas wie scheue Furcht. Ein Schrei drängte sich auf ihre Lippen, den sie nur mit Mühe zurückhielt. Ich nahm meinen Kopf in beide Hände und stürzte wie wahnsinnig zum Haus hinaus.

Es wird mir ziemlich schwer werden, die Zeit, die diesen Ereignissen folgte, mit kühlem Blut zu beschreiben. Sie endete mit den qualvollsten Seelenkämpfen, die ich durchgemacht, und die ich um die Inschriften von ganz Athen nicht zum zweitenmal durchmachen möchte. Nachdem ich mich zur Genüge davon überzeugt hatte, daß all meine Diplomatie und Feldherrnkunst an dem Mädchen verloren war, beschloß ich sie zu vergessen, und meine gute alte Tante Mathilde während ihres Aufenthaltes nicht mehr zu besuchen. Aber das gelang nicht, und nun begann ich den frivolen Absichten zu fluchen, die mich dazu verleitet, die schöne Herzlose meiner Bemühungen zu würdigen. Um mich zu zerstreuen, suchte ich Cafés und Bierhöhlen auf, wo ich oft bis nach Mitternacht in Gesellschaft angehender Künstler saß, denen nichts auf dieser Welt mehr heilig war, deren jeder seine zehn bis zwanzig Mädchen zu Herzensfreundinnen hatte, und von denen man in einer Nacht mehr lernen konnte, als ein Mann in geordneten Verhältnissen in einer fünfzigjährigen Ehe lernt. Nach einigen Tagen zog es mich doch wieder wie an einer Schlinge zum

Landgut hinaus. Melanie empfing mich im Salon, d. h. eigentlich empfing sie mich nicht. Sie saß am Fenster und stickte. Nicht eines Blickes würdigte sie mich, und die Blicke, die sie zum Fenster hinauswarf, waren so gereizt, so enerviert, so unfreundlich, daß ich die herrliche Landschaft beinah noch mehr als mich selbst bedauerte. Sie bat mich, ihr doch noch einige altgriechische Inschriften zu zitieren. Ich suchte in meinem Kopf, wie man eine Kommode durchsucht, aber meine Gelehrsamkeit war weggeblasen. Ich fühlte mich so beschämt, daß ich meinen Hut nahm und nach Hause ging.

Als ich wiederkam, traf ich sie mit Tante Mathilde zusammen. In der Zwischenzeit hatte ich nicht eine Nacht mehr geschlafen. Ich bat Melanie, mit mir in den Garten hinauszukommen, in die Taxuslaube oder in die Jasminlaube, aber sie sagte, es wäre ihr zu dunkel; sie fürchte mit dem Kopf an einen Baumstamm zu stoßen, wenn sie mit mir ginge. Ich war zerknirscht. Drei Tage und Nächte lief ich mit dem Gefühl durch die Straßen, als ob mir ein Schmiedehammer das Herz bearbeite. Ich sah Grün, Blau, Rot vor den Augen. Die Menschen, die mir begegneten, machten einen Bogen um mich herum. Wer mir unversehens unter den Hut sah, fuhr erschreckt zusammen, und meine Kleider schlotterten mir am Leib, als hätte ich sie vom Hausierer erstanden. Ich wurde binnen einer Woche um drei Pfund leichter.

Am Sonntag schleppte ich mich noch einmal, mehr tot als lebendig, hinaus und traf Tante Mathilde allein. Ich griff unwillkürlich nach einer Stuhllehne, als sie mir eröffnete, Melanie sei bei einer Freundin in der Stadt. Dann unterhielt ich die kindische alte Frau eine Stunde lang mit schalen Anekdoten, was ich früher mit Vergnügen getan hatte, und was mir jetzt eine Galeerenarbeit war. Nachdem ich mich verabschiedet, steckte ich im Vestibül den Hausschlüssel in die Tasche, ich wußte nicht, warum. Von dem Moment an weiß ich überhaupt von keiner meiner Handlungen mehr das Wie und Warum. Ich war zum Nachtwandler geworden. Kurz vor Mitternacht erwachte ich vor der Haustür des Landhauses, ohne zu wissen, wie ich hergekommen. Eine Stunde später erwachte ich wieder und stand noch an demselben Fleck. Mir war, als stände jemand hinter mir und stieße mir unaufhörlich mit dem Knie in den Rücken. So öffnete ich schließlich, tastete mich die dunklen Treppen hinan und pochte, ohne der Gefahr zu gedenken, der ich mich dabei aussetzte, an ihre Kammertür.

„Wer ist da?“ hörte ich ihre Stimme.

„Ich bin es!“ — Meine Knie schlotterten.

Keine Antwort.

Ich flehte, ich beschwor sie, ich ließ die Türklinke nicht mehr aus der Hand, aber alles blieb still. So stand ich fünf lange Stunden, bis es auf der Treppe hell zu werden begann. Dann schlich ich mich durch den Garten nach Hause und verbrachte den Tag in dumpfem Hinbrüten.

Die körperlichen Bedürfnisse, Essen, Trinken, Schlafen, existierten für mich nicht mehr.

In der folgenden Nacht wiederholte sich die Szene, nur mit dem Unterschied, daß ich während der fünf Stunden weinte und winselte wie ein Kind.

Das hinderte mich nicht, in der dritten Nacht wieder vor ihrer Tür zu sein. Es gab für mich nur zwei Eventualitäten: Zu ihr gelangen oder sterben. Wer beschreibt mein Erstaunen, als die Tür dem Druck meiner Hand nachgibt. Es war der reine Zufall, denn kaum war ich eingetreten, als sich das Mädchen hoch aufrichtet und mir im Flüsterton, aber mit unerbittlichster Strenge befiehlt, ihr Zimmer zu verlassen; das letzte und größte Hindernis, ihr Mädchenstolz, ihre persönliche Gegenwehr, die es noch zu überwinden galt. Mich wunderte nur, daß sie nicht aus vollem Hals um Hilfe schrie. Um so unverhohlener gab sie ihrem Schreck und ihrer Empörung mir gegenüber Ausdruck. Sie nannte mich einen unverschämten Menschen, einen Schurken, einen schamlosen Wüstling. Umsonst, sie hatte den Mut eines Verzweifelten gegen sich. Ich brauche nichts mehr zu sagen. Ihre körperlichen Kräfte, ein so herrliches Weib sie war, waren den meinen nicht gewachsen. Ich war Sieger.

Deshalb, meine lieben Freunde, sage ich euch: Es ist möglich, daß sich die Gunst eines jeden

Mädchens erringen läßt, aber so leicht geht es nicht. Die Hauptsache ist, daß man den richtigen Weg einzuschlagen versteht.

„Haben Sie denn den Weg noch öfter erprobt?" fragte einer der Anwesenden.

Nein. Ich tat es auch dies eine Mal nicht aus Frivolität, sondern aus psychologischem Interesse. Und wie ich denn ein Mann von Grundsätzen bin, gelang es mir auch später, ihre Zuneigung in dem Grade zu gewinnen, daß sie sich teils durch Vernunftgründe, teils durch Schmeichelworte dazu bewegen ließ, meine Frau zu werden.

Bella, eine Hundegeschichte

In der Ludwigskirche wurde mit großem Pomp eine Trauung gefeiert. Zwanzig Equipagen fuhren vor, das Kleid, welches die Braut trug, hatte vierhundert Mark gekostet. Der Bräutigam war ein veritabler Graf und hatte nicht ein einziges Haar mehr auf dem Kopfe, sein zukünftiger Schwiegervater wurde auf fünf Millionen geschätzt; eine ungeheure Menschenmenge hatte sich angesammelt, um all die Pracht und Herrlichkeit zu bestaunen. Bei einem solchen Ereignis durfte meine Zimmerwirtin unmöglich fehlen.

In ihrer Jugendzeit war sie einmal Schneiderin in der Garderobeverwaltung Ihrer Majestät der Königin von Hannover gewesen. Ihre Zimmer vermietete sie in der Adalbertstraße. Die Wohnung lag parterre und uns gegenüber, nur durch den Treppenflur geschieden, hauste eine vornehme Jugendschriftstellerin, ein Fräulein von Sanden, die ebenfalls einen Zimmerherrn bei sich beherbergte, aber nur einen einzigen, den man selten zu Gesicht bekam.

Von diesem Zimmerherrn ging das Gerücht, daß er Rittertragödien mit zwanzig und mehr Akten verfasse. Die Jugendschriftstellerin erzählte jedem, der es hören wollte, er sei ihr leiblicher Neffe, aber ihre eigene Köchin bestritt dies Verwandtschaftsverhältnis und behauptete, daß es nur zur Verschleierung der intimen Beziehungen erfunden sei, die zwischen den beiden bestanden.

Auf dem Weg zu der Trauung in der Ludwigskirche war meine Wirtin von dem einzigen Wesen begleitet worden, von dem sie sich in dieser Welt aufrichtig und treu geliebt glaubte. Es war das eine unverschämte kleine weiße Spitzhündin namens Bella. Die Trauung vollzog sich zur Genugtuung sämtlicher Zuschauer vollkommen programmäßig, und während ihres Verlaufes erhielt Bella einen aufrichtig gemeinten Liebesantrag von einem entzückenden kleinen schneeweißen Pintscherhund, der sich in Begleitung eines Stubenmädchens aus der Georgenstraße zu der Feierlichkeit eingefunden hatte.

Bella hatte die Zudringlichkeit des kleinen Kavaliers zuerst mit Entrüstung abgewiesen. Offenbar infolge seiner geistreichen Unterhaltung voll sprudelnden Witzes fand sie dann aber doch Gefallen an ihm und begann nun in jener schonungslosen Weise mit ihm zu kokettieren, die wir alle schon von Damen der Gesellschaft erfahren haben, und die uns manche herbe Enttäuschung bereitet hat. Dadurch erreichte sie es, daß Flocki, so hieß der Anbeter, Bella und seine Herrin nach Schluß der Trauung vertrauensvoll, das Herz mit den süßesten Erwartungen geschwellt, bis zu ihrer Wohnung in der Adalbertstraße zu begleiten wagte. Kaum aber waren alle drei in den Hausflur eingetreten, als Bella wie ein wütendes Raubtier über den kleinen Sünder herfiel und ihn sicher zu Tode gebissen hätte, wäre meine Wirtin nicht dazwischen getreten und hätte dem Streit ein Ende gemacht. Sie zog sich mit ihrer Bella ins Innere der Wohnung zurück, und der kleine Flocki blieb seinen Gedanken über Weiberfalschheit überlassen.

Nachmittags um drei wollte meine Wirtin ausgehen, um einige Einkäufe zu machen. Beim Verlassen der Wohnung fand sie Flocki mit tränenüberströmtem Gesicht vor der Flurtür sitzen. Sie sagte ihm, er solle die Sache doch nicht so schwer nehmen und ruhig nach Hause gehen; aber er verstand ihre Worte gar nicht; er senkte nur trübselig den Kopf. Als sie drei Stunden später nach Hause kam, saß Flocki noch auf demselben Fleck. Kaum aber hatte sie die Flurtür geöffnet, als Bella mit gellendem Gekläff herausstürzte, um den Unglücklichen von neuem zu mißhandeln. Sie wurde mit Fußtritten in ihr Bereich zurückgewiesen. Nachts gegen drei Uhr kam ich mit einem meiner Zimmernachbarn, in eine philosophische Diskussion vertieft, von unserer Kneipe nach Hause. Wir sahen Flocki im grellen Mondlicht auf der Straße vor dem Fenster seiner Angebeteten hin und her irren. Bella selber schlief zur selben Zeit jedenfalls den denkbar traumlosesten Schlaf in den weichen Kissen zu Füßen ihrer Gebieterin.

Während der nächsten acht Tage saß der kleine Flocki täglich von morgens neun Uhr bis Sonnenuntergang in unserm Hausflur, ein Ritter Toggenburg, wie er sich treuer nicht denken läßt, und schmachtete an die verschlossene Tür hin. Am dritten Tage erschien um die Mittagszeit ein hübsches Stubenmädchen mit weißer Krause im Haar aus der Georgenstraße, um ihn zu den Seinigen zurückzubringen. Ich sehe ihn noch zwanzig Schritte hinter dem Mädchen hertraben, das ihn durch die strengsten Worte zum Mitgehen nötigte, während er selber fortwährend die sehnsüchtigsten Blicke nach dem Grabe seiner Seelenruhe zurückwarf.

Unsere Wirtin war kein so empfindungsarmes und verständnisloses Geschöpf, wie es alte Jungfern sonst zu sein pflegen; dazu hatte sie schon zu viele Zimmerherren und hatten ihre Zimmerherren schon zu viele Verhältnisse gehabt. Eines Tages hielt sie ihrer Bella eine mütterliche Ansprache, in der sie, wenn nicht an Gefühle der Liebe, so doch wenigstens an Mitleid und Barmherzigkeit appellierte. Darauf öffnete sie die Flurtüre und ließ Flocki herein. Bella ließ ihn so nahe wie möglich zu sich herankommen, ruhig abwartend, bis er sehnsüchtig die Schnauze gestreckt hatte; dann packte sie ihn mit grimmigen Zähnen an der Gurgel und hätte ihn beinahe wieder totgebissen. Um dieses Unglück zu verhindern, nahm meine Wirtin sie beim Kopf und hielt sie derart fest, daß sie sich nicht rühren konnte, und nun kommt der Moment, wo ich in dem kleinen Flocki jenes moralische Empfinden entdeckte, auf das wir Menschen, wenn wir es wirklich betätigen, so unendlich stolz sind, und das wir dabei keinem anderen unserer Mitgeschöpfe auf Erden zugestehen möchten. Bella war vollkommen wehrlos; aber Flocki war kein Gianettino Doria, er war kein Tier, wie es unter Menschen schon so viele gegeben hat; weit davon entfernt, sich die Sachlage zunutze zu machen, wich er scheu zurück und sah bald mich, bald meine Wirtin mit Blicken voll unendlicher Schwermut an. Und als die gute Frau ihrer Bella dann zum Lohn für ihre Unmenschlichkeit einige Klapse verabreichte, da brauste Flocki voll sittlicher Entrüstung auf und bellte, um seine Geliebte zu verteidigen, in einem so hochherzigen Pathos, daß ihn sich jeder jugendliche Heldendarsteller hätte zum Vorbild nehmen können.

Der Versöhnungsversuch war gänzlich mißlungen; aber schon am nächsten Morgen trat ein Ereignis ein, das den weiteren Liebesbewerbungen Flockis ein für allemal ein Ziel setzte. Die Jugendschriftstellerin Fräulein von Sanden, die mit ihrem vorgeblichen Neffen die gegenüberliegende Wohnung inne hatte, beklagte sich bei meiner Wirtin darüber, daß der kleine weiße Pintscher den Hausflur verunreinige. Meine Wirtin entgegnete ihr kurzweg, der Hund gehöre nicht ihr, und sie sei daher nicht für seine Handlungsweise verantwortlich. Darauf machte die

Jugendschriftstellerin aber geltend, daß der Pintscher sich nur wegen des Hundes, der ihr gehöre, täglich hier einstelle. Meine Wirtin erwiderte, das sei weder ihre eigene Schuld noch die ihrer Bella. Darauf gab ein Wort das andere, es entspann sich ein äußerst erregter Streit, den meine Wirtin schließlich mit dem ungeheuerlichen Vorwurf abschloß: „Sie sehen den Splitter im Auge Ihres Nächsten und den Balken in Ihrem eigenen nicht!" — Die Schriftstellerin war sprachlos vor Wut. Mit dem Auge des Nächsten konnte niemand anders als Bella gemeint sein, mit dem Splitter darin niemand anders als Flocki, und der Balken im eigenen Auge konnte nur auf ihren eigenen dramenschreibenden Neffen Bezug haben. Sie griff deshalb sofort zur Feder und schrieb einen vier Seiten langen Brief an den Hausherrn. Meine Wirtin, die das voraussehen mochte, setzte ihren Hut auf, warf ihren Mantel um und ging in Begleitung von Bella, um selber ein Wort mit dem Hausherrn zu sprechen.

Gegen Abend desselbigen Tages erschien dann der Hausbesitzer, ein schmerbäuchiger Fleischermeister, in eigener Person und verkündete folgendes Urteil:

> Erstens ist dem zudringlichen fremden Hunde auf das allerstrengste das Haus zu verbieten. Läßt er sich binnen heute und vierzehn Tagen nicht dazu herbei, seine Besuche einzustellen, dann hat meine Wirtin ihre Bella abzuschaffen,

„denn", sagte der Fleischermeister, „mein Haus ist ein moralisches Haus."

Zweitens habe die Schriftstellerin Fräulein von Sanden binnen heute und vierzehn Tagen den Nachweis zu erbringen, daß ihr angeblicher Neffe auch wirklich ihr leiblicher Neffe ist. Sollte ihr das nicht gelingen, dann ist ihr die Wohnung gekündigt. „Mein Haus ist ein moralisches Haus und soll es bleiben."

Als ich abends nach Hause kam, sah ich die Jugendschriftstellerin und meine Wirtin in den letzten Abendsonnenstrahlen, in sehr eifriger Unterhaltung begriffen, im Garten promenieren. Sie waren vollkommen ausgesöhnt. Aber von dem niedlichen kleinen Flocki hat von dem Tag an kein Mensch mehr etwas gesehen.

Flirt

„Man kann von allem, was Sie sagen, fünfzig Prozent abziehen, so bleibt immer noch einer der interessantesten Menschen, die ich je kennengelernt."

„Man muß wenigstens dreimal soviel sagen, als wahr ist, denn mehr als die Hälfte glaubt einem doch kein vernünftiger Mensch."

Tags darauf ging der Herr des Hauses für drei Wochen auf Reisen.

Als ich am nächsten Sonntag wieder hinausfuhr, fand ich meinen fünfzigprozentigen Freund mit verbundenen Augen. Mit seiner großen, fleischigen Rechten, die bis zu den Fingern vom Rockärmel bedeckt war, hielt er die schmale, zitternde Hand der ältesten Tochter umkrampft. Er suchte eine Stecknadel, die man unter den Nippsachen auf dem Kamin versteckt hatte.

Alma war noch nicht zwanzig. Sie malte, reagierte intensiv auf raffinierte Farbenzusammenstellungen und war hochgradig hysterisch.

Nachdem das Experiment mehrmals gelungen, wurde ich hypnotisiert. Dabei fiel Alma in Ohnmacht und mußte mit frischem Wasser begossen werden.

„Sie sollten nicht glauben," sagte mein Freund auf der Rückfahrt zu mir, „daß ich keinen Tropfen deutschen Blutes in mir habe."

„Sie sehen auch nicht danach aus".

„Ich bin Spanier."

„Das glaube ich Ihnen. Ich gestehe Ihnen, daß ich mich nach unserer ersten Begegnung fragte, ob sie nicht vielleicht jüdischer Abkunft wären."

„Nein, ich bin Spanier."

Wenige Tage später schickte er mir eine Einladung zum Abendbrot. Wir trafen uns nachmittags im Café. Wir schlenderten durch die endlosen Straßen, wobei er mich auf die Sehenswürdigkeiten der inneren Stadt, die gewaltigen Paläste in venezianischem und florentinischem Stil, aufmerksam machte, die mir noch völlig unbekannt waren. So oft wir uns in ein Café setzten, um einen Likör zu trinken, erzählte er mir von Alma. Gegen neun Uhr fanden wir uns mit einer Stunde Verspätung in seiner Wohnung zum Abendbrot ein.

Seine Frau empfing uns mit resigniertem Tadel. Er hatte mir gesagt, sie sei von polnischer Abkunft, eine geborene Fürstin Puslowska und bei den Herrenhutern in Sachsen erzogen. Daß sie in Sachsen erzogen war, schien mir nach den ersten Worten über jeden Zweifel erhaben.

Wir sprachen von Amerika. Er hatte eine Villa mit elektrischer Beleuchtung, fünfzig Schritt vom Urwald entfernt, bewohnt. Er zeigte mir die Pläne, die er selbst dazu entworfen. Beim Frühstück eines Morgens hatte er von seiner Veranda aus ein Elentier geschossen. Der Kopf des Tieres mit dem mächtigen, breiten Geweih hing ausgestopft über dem Kamin.

Als er wieder von Alma zu sprechen anfing, wurde seine Frau unruhig und klagte mir, daß sie seit vier Tagen von nichts als von dieser Alma sprechen höre.

„Ich glaube," sagte ich, „gnädige Frau nehmen die Sache ernster als sie es verdient. Der Umstand, daß mein Freund davon spricht, könnte Ihnen doch schon zur vollkommensten Beruhigung dienen."

Mein Freund gab sich indessen alle Mühe, uns davon zu überzeugen, daß seine Gefühle für Alma nicht Liebe wären. Es sei ein durchaus objektives Interesse, das Interesse des Physiologen, der eine Vivisektion vornehme.

Ich hatte den Geschmack an dieser Art Sophisterei während meines Aufenthaltes in Frankreich verlernt. Ich machte meinen Freund auf das Unritterliche seines Benehmens aufmerksam. Wenn er sich denn schon derart von einer Persönlichkeit beeindruckt fühle, daß er dem Bedürfnis nicht widerstehen könne, vier Tage lang von ihr zu sprechen, so möchte er ihr doch auch die Ehre antun, das Kind bei seinem wahren Namen zu nennen. Meinem Gefühl nach hätte er eine Genugtuung darin finden müssen, sich schuldig zu bekennen. Er machte mir mit seinen minutiösen Deduktionen den Eindruck eines Brandstifters, der heimlich Feuer anlegt und sich dann sachte davonschleicht. Die Zumutung, seinen Haarspaltereien moralischen Wert beizumessen, schien mir überdies eine Beleidigung der Zuhörerschaft.

Wiewohl ich Jude bin, wurde meine Situation etwas peinlich, als ihm seine Frau unter dem Druck ihrer Eifersucht seine jüdische Abstammung zum Vorwurf machte.

Gegen ein Uhr stand ich auf. Mein Freund wollte mich einige Schritte begleiten, ging dann aber, in Gedanken bei Alma, den ganzen zweistündigen Weg bis zu meiner Wohnung mit. Vor der Haustür bat ich ihn, nun auch noch meine fünf Treppen zu steigen und auf meiner Stube einen Likör mit mir zu trinken.

Ich zündete vier Kerzen an und wir tranken aus einem Glas.

Den Stoff zur Unterhaltung lieferte Alma. Wir waren darüber einig, daß sie nicht hübsch sei. Das mochte meinen Freund auch davon zurückschrecken, seine Gefühle einzugestehen. Darüber, daß Alma in meinen Freund verliebt war, herrschte weiter kein Zweifel. Er verstieg sich so weit, mir klar machen zu wollen, daß er alles aufgeboten habe, um ihre Empfindungen im Keim zu ersticken.

Ich wurde erregt, ich schämte mich, ihm zu widersprechen, so unverschämt erschien er mir. Nach längerem Kampfe platzte ich los.

„Wenn man die Gefühle eines Mädchens", sagte ich, „im Keim ersticken will, so zaubert man nicht den ganzen Abend mit ihr im Salon herum, so hält man ihre Hand nicht zwei Stunden lang in der seinigen, so versetzt man sie nicht in eine Aufregung, in der das arme Geschöpf nicht mehr weiß, wohin vor sich selbst entfliehen."

Er schmunzelte innerlich befriedigt.

„Sie Nekromant!" rief ich, „Sie Magier! Sie Klingsor! Sie alter Zauberer! Sie Hypnotiseur!" — Und da ich einmal im Zug war: „Wissen Sie, daß Sie mit niemandem fünf Minuten über die Straße gehen können, ohne ihn anzulügen?"

Er fühlte sich augenscheinlich geschmeichelt. Er lächelte in das Glas hinein, das er an den Lippen hielt und murmelte:

„So wie Sie hat mich noch niemand durchschaut."

Ich knirschte in die Zähne. Vor drei Tagen hatte er mir, ohne daß ich im geringsten danach gefragt, eröffnet, er sei siebenundzwanzig Jahre; und eine Straßenecke weiter, er habe als Gymnasiast die Tochter des berühmten Dichters Soundso verführt. Heute erfuhr ich aus der Unterhaltung, daß er hoch in den Dreißigern war und über die Tochter des berühmten Dichters Soundso weniger Bescheid wußte als seine Frau. Wozu dieses Fabulieren. Er war ein Mensch, der mit seinen achtunddreißig Jahren immer noch zehnmal mehr gesehen und erlebt hatte, als andere mit fünfzig. Er hatte sich früh verheiratet, hatte dann in Amerika ein Abenteurerleben geführt, war unter Buffalo Bill mit gegen die Sioux gezogen, hatte ein Stück von Asien gesehen. Er verfügte über eine lückenlose Bildung, hatte eine gesunde

Lebensauffassung. Warum begnügte er sich nicht damit?

Er sah mich lächelnd von der Seite an, als erwarte er noch mehr Komplimente.

„Wenn Sie wenigstens den Mut hätten,“ sagte ich, „unmoralisch zu handeln. Dann ließe sich Ihr Betragen doch beurteilen. Dann bliebe einem die Achtung vor der Natur, wenn man sie vor dem Menschen verliert. — Dann fände das Mädchen vielleicht den Halt, der ihr jetzt abgeht. Ein zweites Mal überließe sie sich vielleicht nicht wieder so billig ihren Gefühlen. — Nichts als Geschwätz. Nichts als Komödie und Pose. Um sich die Zeit zu vertreiben, entblättern Sie das Mädchen und nehmen ihr die Kraft zu blühen.“

Jetzt begann er zu jammern.

„Wenn man verheiratet ist. Wenn man zwei Kinder zu ernähren hat. Wenn jede edlere Regung durch die Arbeit ums tägliche Brot erstickt wird.“

Seine Einwürfe boten mir eine zu traurige Perspektive für unser Gespräch, als daß ich hätte darauf eingehen mögen. Wir kamen auf Alma zurück.

Als das Morgenlicht durch die Gardinenritze drang, begleitete ich ihn hinunter.

Vierzehn Tage ließ ich vergehen, bevor ich wieder hinausfuhr. Es war wieder Sonntag. Ich fand die Gartentür verschlossen und wollte schon umkehren, als das Mädchen aus dem Haus trat, um mir zu öffnen. Ich hatte die Klinke nicht richtig zu behandeln verstanden. Im Korridor stürzten die Jungens mir entgegen. Sie führten mich unter die blühenden Kirschbäume im Hintergarten. Es war ein erdrückend schwüler Märztag. Uns zu Häupten schien sich das erste Gewitter zusammenziehen zu wollen.

Ich wunderte mich, daß sich außer den beiden Jungens niemand sehen ließ. Ich erkundigte mich nach Papa. Papa war von seiner Reise noch nicht zurückgekehrt. Er wurde erst zu Ende nächster Woche erwartet. Mama befand sich mit meinem Freunde seit zwei Stunden im Salon in einer sehr erregten Debatte, zu der außer Alma niemand zugelassen wurde.

Darauf beeilten sie sich, mir mitzuteilen, daß Alma in vergangener Nacht ein fürchterliches Bild gemalt habe. Das Sujet war: Der Geist des Menschen in den Klauen des Wahnsinns. Sie hatte bis morgens sechs Uhr daran gearbeitet und war mehr tot als lebendig zum Frühstück gekommen. Die beiden Gymnasiasten schilderten mir eben das Entsetzen, das das Bild bei Mama hervorgerufen, als Alma, schön wie eine Kalla, der es am nötigen Wasser fehlt, aus dem Gewächshaus trat.

„Würden gnädiges Fräulein mich Ihr Bild nicht vielleicht sehen lassen?“

„Nein. — Sie brauchen es nicht zu sehen.“

„Wenn ich Sie darum bitte.“

„Bin ich verpflichtet, Ihnen meine Bilder zu zeigen?“

„Verpflichtet nicht. Es wäre eine Liebenswürdigkeit, die ich zu schätzen wüßte."

„Ich will aber nicht liebenswürdig gegen Sie sein."

Ich überlegte mir, ob ich meinen Hut nehmen und gehen sollte. Einer ihrer Brüder fragte mich indessen, ob er das Schauergemälde herbringen solle. Ich bat ihn darum, indem ich an die schlaflos durchwachte Nacht dachte und es gern vermied, lächerlich zu werden. Er stürzte johlend ins Haus hinein und kam mit einer riesigen Kohlezeichnung zurück.

Das Bild überraschte mich durch seine Kühnheit. Ich trat sechs Schritte rückwärts. Ich sah ein Mädchen in weißer Gewandung, mit ausdrucksvollem Kopf und geschlossenen Augen auf mich zukommen. Die Gestalt war von vorn oben beleuchtet; Stirn, Schultern, Brust und Arme im grellsten Licht, während sich die untere Hälfte in der Dunkelheit verlor. Beim Anblick der prunkenden Formen sagte ich mir, daß ein nichts weniger als emanzipiertes, häuslich erzogenes, achtzehnjähriges Mädchen doch wohl nur unter dem Einfluß einer sie beherrschenden Leidenschaft so stark auftragen könne. Ich begriff das Entsetzen von Mama und sprach der Künstlerin meine Bewunderung aus.

Rechts hinter dem Kopf der Gestalt ließen sich einige verzerrte Teufelsfratzen in der Dunkelheit erkennen. Zwei lange dünne Arme mit gekrallten Fingern streckten sich nach ihrem in vollen

Locken über die entblößten Schultern wallenden dunkeln Haar aus. Der ruhige, sichere Schritt der Nachtwandlerin ließ keinen Zweifel über die Art von Gefühlen, denen das Bild seine Entstehung verdankte. Diese Gefühle sprachen aus jeder Linie, besonders aus dem Ausdruck von Entschlossenheit und Zielbewußtsein, der in ihrem Schlummer Bedrohten. Die Komposition war jedenfalls auf den ersten Blick verständlich. Die Künstlerin zeigte sich weniger ungebärdig, als sie sah, welchen Eindruck ihr nächtliches Werk auf mich machte.

Der Gartentisch war gedeckt und der Kaffee aufgetragen worden. Indessen verging noch eine gute Stunde, bis die Mama erschien. Mein Freund folgte ihr mit gesenktem Haupt. Der Kaffee war kalt geworden. Mama war die Liebenswürdigkeit selber, nur noch ein wenig erregter als gewöhnlich. Sie hatten sich gezankt. Sie reichten sich die Hände zur Versöhnung und konstatierten lächelnd, Grobheiten ausgetauscht zu haben.

„Und Sie," wandte sie sich zu mir, „sind auch nicht so harmlos, wie Sie sich gern den Anschein geben möchten."

Ich verstand sie nicht.

„Ja, ja. Ich hätte Ihnen das nicht zugetraut. Ich gestehe es Ihnen."

„Erklären Sie mir bitte . . ."

Sie lächelte. Sie wollte der Kinder wegen sich nicht aussprechen. Ich begriff das. Ich bezog ihre Bemerkung auf ein Buch von mir, das der Herr Papa vor ihr weggeschlossen, und über das sie sich hergemacht hatte, sobald er auf Reisen gegangen war. Zuerst hatte es ihr gar nicht gefallen, dann hatte es ihr sehr gut gefallen, und nun hatte sie es schon zum viertenmal durchgelesen, wie mir mein fünfzigprozentiger Freund versicherte. Ich dachte, den Tadel ernst nehmen, das hieße zu plump nach Komplimenten fischen.

Der Nachmittag verlief in vollkommener Friedfertigkeit. Man spielte Lawn-tennis. Die Mädchen sprangen über das Seil, und so oft ich mich in einer Unterhaltung mit Fräulein Alma befand, gesellte sich mein Freund zu uns, nahm mir mein letztes Wort aus dem Mund weg, war in jeder Beziehung ganz meiner Ansicht und ersetzte mich bei ihr. Schließlich empfand man die hereinbrechende Kühle und beschloß zum Abendbrot zu gehen. Als ich ins Eßzimmer trat, saß man schon bei Tisch, und ich hörte gerade noch, wie mein Freund, zu Mama gewandt, äußerte:

„Ich gestehe Ihnen, daß ich mich nach unserer ersten Begegnung fragte, ob Sie nicht vielleicht jüdischer Abkunft wären."

„Nein, Sie irren sich. Ich versichere Sie, Sie irren sich. Ich kann die Juden nicht leiden."

Darauf erging sie sich in schonungslosen Schmähungen, zitierte Beispiele von Auspressung, Heuchelei, von Wucher, Kindermord, Mangel an Noblesse, Undankbarkeit, und das Gespräch konzentrierte sich um die Frage, ob Christus Jude, Heide oder Christ gewesen sei.

„Du, Mama,“ fiel Alma plötzlich mit funkelnden Augen ein, „hast doch am wenigsten Ursache, so über Juden zu sprechen.“

„Ich? Wieso!“

„Die du so viele Juden unter deinen Verwandten hast.“

„Ich hätte Juden unter meinen Verwandten?“

„Tante Alma. Tante Aurora. Onkel Paul...“

„Aber sind denn die Juden? — Die sind doch nicht Juden.“

Mama warf ihr einen niederschmetternden Blick zu.

„Getaufte Juden.“

„Nun ja, dann sind es doch keine Juden. Sie sind doch getauft. Ich bitte dich sehr, liebes Kind, vorher ein wenig über das nachzudenken, was du sprichst.“ Und zu meinem Freunde gewandt: „Wissen Sie, das finde ich nun auch nicht recht, sich taufen zu lassen. Wenn man einmal Jude ist, soll man auch den Mut haben, es einzugestehen. — Sie sind doch wohl Jude?“

„Nein. Ich bin Spanier.“

Gegen zwölf brachen wir auf. Mein Freund hatte seine beiden Kinder mitgebracht. Sie hatten sich den Nachmittag über im Garten getummelt und lagen seit drei Stunden eingeschlafen auf dem Diwan. Jeder von uns nahm eines auf den Arm. So bepackt erreichten wir noch den letzten Zug, als er sich schon in Bewegung gesetzt, und fuhren zur Stadt zurück.

Sobald wir allein waren, begann er mir sein Herz auszuschütten. — Es war alles zu Ende. Er fühlte nichts mehr für Alma, und Alma nichts mehr für ihn. Das war das Werk der Frau Mama. Sie hatte mit brutaler Hand den Himmel ihrer reinen Empfindungen zertrümmert. — Er mußte sich erst sammeln, um sich darüber klar zu werden, wie das alles so rasch gekommen.

Alma, das stand außer Zweifel, war die einzige Person im Hause, die einer tieferen Empfindung fähig war. Es hatte Momente gegeben, wo er sie für einen larmoyanten Schmachtlappen gehalten, aber er war davon zurückgekommen. Er begriff ihr unzufriedenes Wesen. Ihre Mutter, mit der sie beständig auf Kriegsfuß lebte, war die beste Mutter der Welt, eine noch bessere Geschäftsfrau, dabei gut, wirklich gut, aber von irgendwelchem tieferen Verständnis keine Spur. Sie reichte ihrer Tochter, was Seelenadel und Ernst der Lebensauffassung betrifft, nicht bis an die Knöchel, und das Mädchen fühlte sich durch das oft sehr geschmacklose Benehmen ihrer Mutter beinahe angewidert. Die denkbar größten Gegensätze sahen sich in der Familie darauf angewiesen, einen modus vivendi zu finden; das gelang ihnen so schlecht wie möglich. Vor drei Monaten hatte sich Alma schon einmal mit Streichhölzern vergiftet. Mit Hilfe der Magenpumpe war es gelungen, ihr das Leben zu erhalten.

Freitag vor acht Tagen waren sie zusammen im Zirkus gewesen. Mein Freund war mit Alma und den Kindern vorausgegangen; Mama hatte nachkommen wollen. Er hatte dann die Kinder in der Loge gelassen und mit Alma eine Bank zwischen Palmen und Farrenkräutern auf dem Promenoir aufgesucht. Als er mit ihr zurückkam, wandte sich Mama im Ton strengsten Vorwurfes zu den beiden Gymnasiasten:

„Ich habe euch doch gesagt, daß ihr den Herrn nicht mit Alma allein lassen sollt."

Der Herr war bleich wie der Tod geworden, hatte sich auf die Zunge gebissen, hatte an allen Gliedern gezittert, und als er sich nachts zwei Uhr zu Bett legte, war ihm eingefallen, daß das einzig Richtige gewesen wäre, sich sofort zu empfehlen.

Er hatte die Überzeugung, wenn er das getan hätte, wäre Alma ihm nachgestürzt. Er hatte es nicht getan, Alma war ihm nicht nachgestürzt, und Mama hatte sich, nachdem sie ihr Geschoß abgefeuert, von einer Liebenswürdigkeit gezeigt, wie er deren nie vorher von ihr gewürdigt worden.

Zwei Tage später hatte ihn Mama, die in Abwesenheit ihres Gatten dessen Geschäfte mit einem Geschick besorgte, das ihren Gatten zum beneidenswertesten aller Gatten machte, zu sich aufs Bureau bestellt. Es handelte sich um eine Angelegenheit von Wichtigkeit, in der sie sich nicht zurechtzufinden wußte. Als er hinkam, fand er nichts zu raten, nichts zu helfen, dafür aber vollauf zu bewundern. Er fand eine Nervosität, bei der ihm eine Gänsehaut nach der anderen über den Rücken schauerte, mußte sich aber gestehen, daß sich die Pomadigkeit für ihre Art Geschäfte nicht eignete. Schließlich hatte sie ihn gebeten, sie zu hypnotisieren. Er hatte seine ganze geistige Energie aufgeboten, aber es war ihm nicht gelungen.

Darauf waren sie zusammen in einen Austernkeller gegangen. Nach dem sechsten Dutzend behauptete Mama, es sei eine schlechte darunter gewesen. Darüber entspann sich ein Streit mit dem Kellner, in dem der Kellner den kürzeren zog. Sie hatten dann die nächste Station aufgesucht, um nach Hause zu fahren. Mama hatte noch eine Arbeit zu Hause liegen, die unter allen Umständen bis morgen erledigt werden mußte, und zu der sie seines Rates bedurfte.

Auf der Station waren vor den Fahrplänen die Laternen nicht angezündet. Mama stellte den Laternenanzünder zur Rede; der Laternenanzünder erklärte, es sei seine Schuld nicht, er habe keine Ordre, die betreffenden Laternen anzuzünden. Darauf hatte sie den Stationsvorstand kommen lassen. Der Stationsvorstand ließ fünf Minuten auf sich warten. Als er endlich kam, war der Zug eben im Abfahren. Mama wandte sich an die Polizei, die drei Mann hoch auf dem Perron einherstolzierte; sie hatte ihr Billet für den betreffenden Zug in der Hand, und der Zug mußte auf Befehl der Polizei angehalten werden. Darüber erlaubte sich der Stationsvorstand beleidigende Äußerungen. Sie ließ ihn arretieren. Darauf hatten sie sich zusammen ins Coupé gesetzt und waren nach Hause gefahren.

Zu Hause wartete ihrer ein Diner mit Sardelleneiern, Rebhuhnpastete und frischen Spargeln. Das war die Arbeit, die bis morgen unter allen Umständen erledigt werden mußte.

Partien dieser Art hatten sich täglich wiederholt. Täglich war ein Telegramm von Mama eingetroffen, adressiert an seine Frau, sie möchte ihrem Herrn Gemahl erlauben, ihr eine Stunde bei der Arbeit behilflich zu sein. Er hatte ihr Gesellschaft geleistet, sie hatten zusammen die Freuden der Weltstadt genossen und sie hatte ihm gesagt, daß sie es in Paris nie gewagt haben würde, sich so unvorsichtig überall mit einem Herrn zu zeigen.

„Weiter," sagte ich.

„Weiter? — Ich habe in meinem Leben", fuhr mein Freund fort, „keine derartige Vereinigung von tollem Zigeunerblut und echter deutscher Hausbackenheit getroffen. Ihr Interesse ist bei ihren Kindern. Sie arbeitet für ihren Mann. Ich möchte es nicht wagen, mir die geringste Freiheit herauszunehmen. Ich habe es auch nicht versucht. Mit ihrer Überreiztheit, mit ihrer geschäftlichen Hetzerei ist sie mir unerträglich. Ich könnte mit der Frau nicht zusammenleben. Nach acht Tagen wäre ich verrückt. Ich bin es schon. Denken Sie sich, ich bin seit vierzehn Tagen keinen Abend vor zwei Uhr zur Ruhe gekommen. Daß ich für mich arbeiten könnte, davon ist keine Rede mehr. Was ich an der Frau hochschätze und achte, ist, daß sie eine gute Mutter ist."

„Das ist jede Kuh."

Mein Freund war sonst selber ein gewaltiger Zyniker, aber er fühlte sich nicht mehr als Beherrscher der Situation. Er war seit vierzehn Tagen keinen Abend vor zwei Uhr zur Ruhe gekommen. Er konnte nicht umhin, für eine Person einzutreten, die er vergeblich zu hypnotisieren versucht hatte.

Darauf erzählte ich ihm eine Geschichte.

Ich kannte in München eine achtzigjährige Dame, die dreißig Jahre in Paris gelebt hatte. Eines Tages hielt sie sich mir gegenüber über das Leben der gebildeten französischen Jugend auf, die ihre besten Jahre in Gesellschaft von Sirenen verbummele. Um etwas zu erwidern, sagte ich, daß es für die Pariser Sirene doch immer noch das höchste Ideal bleibe, eventuell für eine anständige Frau gehalten werden zu können, während — ich wollte sagen, während man das von der deutschen Sirene gerade nicht behaupten könne. Aber sie unterbrach mich: Während es für die deutsche anständige Frau immer das höchste Ideal bleibe, eventuell für eine Sirene gehalten werden zu können.

Mein Freund hatte mir nur halb zugehört. Er war mit seinen Kindern beschäftigt. Der Zug hielt. Wir nahmen die Kinder, ohne daß sie die Augen öffneten, von den Polstern auf und schlugen, da mein Freund nur zehn Minuten von der Station entfernt wohnte, jeder ein Kind auf dem Arm, den Weg nach seiner Wohnung ein.

Da Mitternacht längst vorüber war, und ich noch einen zweistündigen Weg vor mir hatte, bat er mich, bei ihm zu bleiben. Er führte mich in sein Atelier, wo wir beim düsterroten Schein einer triefenden Kerze noch einen Likör tranken. Dabei sprachen wir über Alma.

Es war alles zu Ende. Sie hatten sich geliebt, wie sich Kinder lieben. Alma war die Natur, die die genügende Tiefe besaß, um ein solches Einverständnis zu schätzen. Ihre Mutter war eine schöne Frau; das mußte ihr der Neid lassen. Vor drei Tagen hatte sie ihm wieder ein Telegramm geschickt, natürlich an seine Frau adressiert, er möge doch kommen und ihr etwas bei der Arbeit behilflich sein. Er warf sich, wie er ging und stand, in den nächsten Omnibus und fand sie in ihrem Bureau in Balltoilette, hellgelbe Seide mit weißem Einsatz, reichlich dekolletiert. Ihre Gesichtszüge hatte sie ein wenig abgetönt. Sie hatte zwei Theaterbillete und bat ihn, sie in die Oper zu begleiten. Warum hatte sie ihm das nicht ganz einfach geschrieben. Er war nicht darauf vorbereitet. Er war im Gehrock, ohne Glacés und hätte sich erst rasieren lassen müssen. So begleitete er sie bis ins Vestibül und küßte ihr dort die Hand. Wie sie sich aber auf der fünften Stufe noch einmal umwandte — der Hermelin drohte ihr von den Schultern zu fallen, die Schleppe zu ihren Füßen deckte die halbe Treppe, die Wendung ihres Kopfes im Halbprofil zeigte ihren Hals in seinen vorteilhaftesten Linien — da mußte er sich gestehen, daß er selbst in Amerika, in Philadelphia kein Bild von solch vollendetem Geschmack, von so erhabener Schönheit gesehen.

Heute mittag, eben als ich vor dem Haus stand und die Gartenpforte nicht öffnen konnte, hatte sie sich ihm in ihrer ganzen Gewöhnlichkeit gezeigt. Sie sprachen gerade von mir. Er hatte mich vom Fenster aus draußen stehen sehen. Sie klagte ihn ihrer Tochter wegen des Vertrauensbruches an, schob ihm die niedrigsten Absichten unter, und drückte sich dabei so trivial aus, daß er das Tier in sich erwachen gefühlt. Sie hatte es jetzt richtig so weit gebracht, daß er dem Mädchen gegenüber nichts mehr empfand, als das Bedauern, die Situation nicht klüger ausgenützt zu haben. Jetzt war es vorbei. Mama hatte ihm sein Ehrenwort abgenommen, daß die Flirtation zwischen Alma und ihm ein Ende habe.

„Was haben Sie denn dabei von mir gesprochen?“

„Sie waren es ja gerade, der die Bombe zum Platzen brachte.“

„Ich?“

„Ohne Ihr Verschulden natürlich. Nur ganz indirekt.“

„Aber wieso denn?“

„Wieso? — Lassen Sie mich nachdenken. — Gestern abend war Alma mit ihrer Schwester bei meiner Frau zum Tee. So war es. Da muß ihr meine Frau so was gesagt haben, wie so Frauen sprechen, ich käme keine Nacht mehr nach Hause, sie könne das nicht länger ertragen, sie sei Abend für Abend allein mit den Kindern und — und . . ."

„Und?"

„Und Sie hätten ihr auch gesagt, die Sache sei ernster als Sie geglaubt hätten."

„Wann soll ich denn das gesagt haben?"

„Als Sie damals bei uns zum Abendbrot waren. Es ist ja weiter nichts dabei. Teegeschwätz. Alma hätte ja natürlich auch kein Wort verlauten lassen. Die Kleine aber wußte selbstverständlich nichts Eiligeres zu tun, als es brühwarm der Frau Mama zu hinterbringen. Der Mutter kam das natürlich wie gerufen. Das ist eine Frau, wissen Sie, die sich nicht für fashionabel hält, wenn sie kein Drama in ihrem Salon hat. So brach heute durch Ihre Schuld die Katastrophe herein. Alma hatte sich vor Aufregung die Nacht nicht schlafen gelegt. Wir regalierten einander mit Grobheiten. Die Mutter warf mir vor, in dem Kinde Gefühle wachgerufen zu haben; ich entgegnete ihr, wenn ich es nicht gewesen wäre, wäre es ein anderer gewesen; ihre Tochter würde sich in jeden verliebt haben."

Ich hielt es für durchaus unangebracht, mit meinem fünfzigprozentigen Freund meine Schuld zu erörtern. Dagegen war es beschlossene Sache bei mir, der Frau Mama morgen früh in wenigen Worten meine Rolle in ihrem Drama schriftlich auseinanderzusetzen. Eines wurde mir augenblicklich klar.

„Dann bezog sich die tadelnde Bemerkung, die ich als Begrüßung zu hören bekam, also nicht auf mein Buch?"

„Gott bewahre. Bilden Sie sich nichts ein."

„Sondern auf Ihre Liebelei?"

„Natürlich bezog sie sich darauf, und wenn Sie den Geist des Menschen in den Klauen des Wahnsinns ein wenig genauer betrachtet hätten, so würden Sie in einer der Teufelsfratzen Ihr Porträt erkannt haben. Ich sagte der Mutter gleich: das ist das Beste, was Ihre Tochter jemals gemacht hat. Sie fand es natürlich verrückt. „Sehen Sie," fuhr er, lebhafter werdend, fort, „das imponiert mir an dem Mädchen. Das ist die geborene Künstlerin, die eine ganze Nacht hindurch an der Staffelei sitzt, um sich der Empfindungen, von denen sie gequält wird, zu entledigen, indem sie sie künstlerisch objektiviert."

Die Flasche war leer. Mein Freund rückte eine baufällige Chaiselongue an der Wand zurecht und hakte mir eine Reisedecke, die ihm die Herzogin von Galiera gestickt, von der Mauer los. Das Dessin sei zwar nicht gerade geschmackvoll, aber sie halte warm. Darauf empfahl er mich allen guten Geistern und ließ mich allein.

Mir war nicht ganz behaglich. Ich suchte unter

den Rahmen, die übereinandergelehnt an der Wand standen, nach etwas, um meine Phantasie damit zu beleben. Ich fand nichts; nebulose Visionen, Reminiszenzen aus den Werken aller großen Meister, hier ein Böcklin, dort ein Gabriel Max, zwei Schritt weiter ein Michelangelo, alles so amerikanisch wie möglich, direkt auf den Käufer hin gemalt, Jahrmarktartikel, auf ein Publikum berechnet, das alles gesehen und nichts dabei gelernt hat. Vor einer Astarte in wahnsinnigen Locken mit formlosen Armen und Beinen fühlte ich mich wie Shylock versucht, ein Stück Fleisch herauszuschneiden, um es morgen jemandem zur Begutachtung vorzulegen. Er würde es für Löschpapier oder alten Käse gehalten haben.

Darauf fragte ich mich, ob ich mich denn in dem Raum befand, in dem mich mein Freund empfangen, als ich gekommen war, mir sein Atelier anzusehen. Ich trat auf den Korridor und drückte auf die Klinke der nächsten Tür, die sich lautlos öffnete.

Ich war in einem anderen Atelier. Auf der Staffelei stand ein Bild in grellen Farben, eine englische Marktszene, im Vordergrund drei Straßenjungen in breiten Schlapphüten, alle drei mit starken Schatten über dem Gesicht. Dessenungeachtet ließen die Physiognomien sich Zug für Zug erkennen. Das Bild war Ben Johnson gezeichnet.

Der Raum war mir bekannt. Hier hatte mir mein Freund seine Arbeiten gezeigt. Ich hatte ihn zwei Häuser weiter bei einem alten Tiermaler getroffen, in dessen Atelier er eben einen riesigen Sonnenuntergang in Venedig aus der Phantasie zusammenmalte. War er umgezogen, oder hatte er die Gewohnheit, immer an drei Orten zugleich zu sein?

Alles um mich her war Ben Johnson gezeichnet. Das Atelier gehörte ohne Zweifel Ben Johnson. Ich zog mich zurück, stützte meine baufällige Chaiselongue durch einen Strohstuhl, zog mir die Reisedecke der Herzogin von Galeria bis zur Brust herauf und konzipierte in Gedanken das Billett, das ich morgen, sobald ich nach Hause gekommen, der Frau Mama schreiben wollte.

Geehrte Frau,

ich habe an jenem Abend, als ich bei unserem Freunde zum ersten und einzigen Male zum Abendbrot war, nichts anderes gesagt, als was jeder andere anständige Mensch an meiner Stelle auch gesagt haben würde. Die Gattin unseres Freundes klagte mir, daß sie seit vier Tagen von nichts anderem als der betreffenden Dame sprechen höre. Ich entgegnete ihr, ich glaube, daß sie die Sache schwerer nähme, als sie zu nehmen sei. Unser Freund, der von nichts anderem als der betreffenden Dame sprach, gefiel sich darin, uns klarmachen zu wollen, daß seine Gefühle nicht Liebe seien. Ich machte ihn darauf aufmerksam, daß er einer Persönlichkeit, von der er sich derart beeindruckt fühle, auch wohl Gerechtigkeit genug widerfahren lassen dürfe, das Kind bei seinem wahren Namen zu nennen. Wollen gnädige Frau überdies die Absurdität bemerken, daß unter Verhältnissen, in denen man seit vier Tagen von nichts anderem spricht, meine beiden Äußerungen das Motiv dafür abgegeben haben sollen, daß sich die Gattin unseres Freundes an die betreffende Dame wandte.

Mit ehrerbietigstem Gruß

Ihr — etc.

Meine Chaiselongue war aus Rohrgeflecht mit dünnem Kissenüberzug. Ich schlief, wie man auf den Latten schläft, bis gegen acht Uhr mein Freund kam, um mich zum Frühstück zu führen. Daß er mich zum Frühstück nicht mit in seine Wohnung nahm, hätte mich befremden müssen. Er führte mich zwei Häuser weiter zu dem alten Tiermaler. Darauf empfahl er sich, er werde zu Hause frühstücken und in einer Stunde zurück sein.

Der alte Tiermaler war ein Juwel. Er hatte in seinem Leben nichts als Tiere gemalt und malte seit zwanzig Jahren auch die nicht mehr. Er hatte von einer Anzahl verschiedener Frauen fünf Töchter im Alter von vierzehn bis sechzehn Jahren, für deren Erziehung er sorgte und die jeden Sonntag nachmittag in seinem Atelier im Kreis um ihn herumsaßen. Er hatte mein Buch über das Leben der Kinder gelesen und darüber geweint, wie mich mein fünfzigprozentiger Freund versicherte. In seinem riesigen Atelier hatte er durch einen Bretterverschlag ein Drittel abgeteilt, in dessen Parterre sein Bett stand, während sich eine Treppe höher ein Raum befand, halb Küche, halb Speisesaal, in dem er sich seine Mahlzeiten bereitete. Vor zehn Jahren war unten im Schlafgemach die Wasserleitung gesprungen. Seitdem war es ihm dort zu feucht, und er schlief Sommer und Winter auf einem türkischen Diwan, der dem großen Atelierfenster entlang stand.

Die Morgensonne, die durch die Dachluke hereinströmte, erfüllte das obere Gemach mit dem wärmsten Licht, das ich seit Jahren gesehen. — „Jetzt werde ich Ihnen zeigen, wie ich mir meine Omelette mache." Er brauchte eine gute halbe Stunde dazu, aber sie war deliziös. Dabei erzählte er mir vom alten Darwin, für den er seinerzeit in London viel gearbeitet hatte. Ich fragte mich, ob es nicht doch vielleicht besser sei, den Brief ungeschrieben zu lassen und der Frau Mama bei meinem nächsten Besuch meine Ansichten mündlich auseinanderzusetzen.

Die Omelette war noch nicht ganz fertig, als mein Freund zurückkam. Er setzte sich zu uns, bis wir gegessen. Darauf zündeten wir uns jeder einen Tschibuk an, stiegen in den Garten hinunter und stellten uns zu dritt um ein kleines Aquarium, in dem der alte Tiermaler Feuersalamander, Kröten, Blindschleichen und Libellen züchtete. Seit er keine Tiere mehr malte, beschäftigte er sich eifrig mit der natürlichen Zuchtwahl. Die Schriften Darwins kannte er auswendig und hatte selber mit der Züchtung einiger origineller Spielarten in der Tier- und Pflanzenwelt Glück gehabt.

„Mein Freund erzählte mir,“ sagte ich, „Sie hätten auch mit der Kreuzung zwischen einer Ente und einem Kaninchen gewisse Resultate erzielt.“

Er glaubte, ich wollte mich über seine Experimente lustig machen. Ein Vogel und ein Vierfüßler; Gott behüte einen davor. Natura non facit saltus. Mein Freund lutschte verlegen an seiner Pfeife, verschluckte eine dicke Rauchwolke und lenkte das Gespräch auf die hypothetischen vorsintflutlichen Zwischengeschöpfe zwischen Mensch und Orang Utang.

Ich bedankte mich für die genossene Gastfreundschaft und setzte mich auf den Omnibus. Die schwüle Mittagsluft zitterte beinahe wie ein verfangenes Echo zwischen den endlosen Straßenwänden hin und her. Ich dachte: welche Temperatur erst bei mir zu Hause im fünften Stock unter den Bleidächern herrschen müsse. Ich sagte mir, wenn die Frau Mama denkt, wie ich denke, dann wird sie es mir nur Dank wissen, wenn ich mich nicht auch noch in die im Schoß ihrer Familie gärenden Evolutionen mische. Das war ein psychologischer Irrtum. Mein Freund hatte mir eben noch gesagt, daß sie sich nicht für eine Weltdame halte, wenn sie kein Drama in ihrem Salon habe.

Acht Tage vergingen, bevor ich ihn wiedersah. Er kam an einem regnerischen Nachmittage, und da es auf meiner Stube nichts zu trinken gab, gingen wir zusammen ins Café. Er war wie immer in heller Aufregung und sprach von Alma mit mehr Begeisterung denn je. Seit unserem letzten Besuch lebte sie mit ihrer Mutter in offner Fehde. Er seinerseits lebte mit der Mutter gleichfalls in offner Fehde. Mit Alma zu verkehren, dazu war ihm jede Möglichkeit genommen, wiewohl er täglich hinausfuhr. Man lebte in dem Hause in ebensoviel feindlichen Lagern, als Personen vorhanden waren, vermied es über Tisch sich anzusehen und sagte sich weder guten Morgen noch guten Abend. Dabei wurde mit jedem Tag der Herr Papa erwartet, der es sich nicht nehmen lassen werde, eine fürchterliche Musterung zu halten. Alma war sein Lieblingskind. Alma wird ihn zum Richter zwischen sich und ihrer Mutter anrufen, und wenn er auch vollkommen unter dem Pantoffel seiner Frau stand, werde er doch nicht umhin können, das ganze Haus vor seinen Richterstuhl zu zitieren, den Schuldigen herauszugreifen und zu zerschmettern.

„Seien Sie übrigens doch ein wenig vorsichtig mit dem, was Sie so sprechen," raunte er mir noch zu, als wir uns trennten.

Schreiben konnte ich jetzt nicht mehr. Das wäre vor acht Tagen natürlich gewesen. Aber heute — das ist ein Topf, sagte ich mir, als ich genauer darüber nachdachte, in dem vier oder fünf Personen mit dem denkbar größten Behagen herumgerührt haben, um die Suppe so trübe wie möglich zu machen. Und wenn es zum Auskosten kommt, dann soll am Ende ich —. Man ist ja gerne bereit zu büßen, wo man gesündigt. Das passiert einem übrigens nicht. Dazu ist man doch zu alt. Aber zur Verantwortung gezogen zu werden, wo man sich und dem Richter platterdings seine kindlichste Unschuld eingestehen muß. — Mein Freund hatte mir so was von „Galeotto" gesagt. Das war nicht in seinem Garten gewachsen, wiewohl er Spanier war. Das stammte von der Frau Mama. Der Klatsch, der es schließlich dahin bringt, seine ruchlosen Erfindungen zur Wirklichkeit zu machen. Ich fühlte, der „Galeotto" ging auf mich — zum Kuckuck, das war nicht nur schreiende Ungerechtigkeit. Das war vor allem eine Blamage.

Ich hatte wichtigere Dinge zu denken. Kurz vor seiner Abreise hatte ich mit dem Herrn Papa eine Kontroverse über Guy de Maupassant. Er bat mich damals, ihm mein Urteil über „Pierre et Jean" schriftlich nachzuschicken. Jetzt hatte ich eine Serie Artikel über moderne Tanzkunst in Bereitschaft und da sein Blatt auf goldnen Füßen stand, war deren Aufnahme eine Frage von Wichtigkeit für mich.

Ich bat meine Wirtin, mich um neun Uhr zu wecken und wenn ein Brief käme, ihn mir sofort heraufzubringen. Da der Herr Papa nur Sonntags zu sprechen war, hatte ich ihm meine Artikel per Post zugeschickt.

Um acht Uhr weckte mich meine Wirtin und legte mir einen Brief auf den Kamin. Ich wollte ihn sofort erbrechen, beschloß aber, mich vorher anzuziehen. Ich zog meine Toilette absichtlich ein wenig in die Länge und bürstete mir das Haar mit mehr Sorgfalt als gewöhnlich. Als ich dann mit allem Behagen bei meiner Schokolade saß, las ich folgendes Billet:

Sehr geehrter Herr,

ich bin Ihrer liebenswürdigen Mitarbeiterschaft in keiner Weise mehr bedürftig. Gleichzeitig beehre ich mich, Ihnen mitzuteilen, daß ich, da meine Frau nach Karlsbad reist, meine Empfangstage am Sonntag eingestellt habe.

Mit verbindlichstem Gruß

Ihr sehr ergebener etc.

Ich war zerschmettert.

Mein fünfzigprozentiger Freund hat sich nicht wieder bei mir blicken lassen.

Ein böser Dämon

Es war Nachmittag.

Hinter dem Haus lag ein kleiner Garten; in dem Garten, von einem Kiesweg umgeben, ein runder Rasenplatz. Auf dem Rasenplatz standen zwei Apfelbäume in mittleren Jahren, mit schlanken, starken Stämmen und rundlichen Kronen. Dort, wo die Krone an den Stamm ansetzt, war an jedem das eine Ende einer Hängematte befestigt. In dieser Hängematte lag Beatrix und schlief.

Ihr Schlummer mochte ein verhältnismäßig tiefer sein, denn die Gartenpforte knarrte und ein junger Mann in anständiger, wenn nicht eben eleganter Kleidung betrat den Rasen, ohne daß sie sich rührte. Es war Theodor Winter, ihr Jugendfreund. Als Nachbarskinder hatten sie miteinander gespielt, und wiewohl ihm das Mädchen im Alter um mehrere Jahre nachstand, hatte es sich doch in seiner Nähe stets behaglicher, unbefangener gefühlt, als in irgend anderer Gesellschaft. Als Gymnasiast wußte er den munteren, verständigen Backfisch für seine Lektüre zu begeistern. Man las zusammen Schiller, dann Goethe und schließlich Shakespeare, im Winter neben dem warmen Ofen bei Beatrix' Eltern, im Sommer in dem kleinen Garten unter einem hohen Fliederbusch. Man las die Dichter in ihren unverkürzten Originalausgaben, und ohne daß sich irgend jemand bemüßigt gefühlt hätte, die Lektüre zu überwachen, respektive bei ihrer Auswahl Zensur zu üben. Außerdem besprach Theodor mit seiner Freundin ihre jeweiligen Aufsatzthemata und korrigierte ihr die Konzepte. Als er zur Universität abging, um Medizin zu studieren, schwuren sie sich ewige Treue, und als er nach Ablauf von vier Semestern und nach Absolvierung seines ersten Examens in die Heimat zurückkehrte, verlobten sie sich. Obwohl dieser Ausgang leicht vorauszusehen gewesen, zeigten sich Beatrix' Eltern doch nicht sonderlich davon erbaut. Theodor Winter war bei all seinen Vorzügen ein armer Teufel, der aus Stipendien lebte, währenddem die reizende Beatrix als einzige Erbin eines nicht unbedeutenden Vermögens mit Leichtigkeit einen Rittergutsbesitzer oder was der Art bekommen haben würde. Um so erfreuter waren sie daher, als drei Jahre später, nachdem Theodor ein glänzendes Staatsexamen abgelegt, wider Erwarten noch durchaus keine Hochzeit in Aussicht genommen, ja selbst der Verlobung weiter nicht mehr Erwähnung getan wurde. Es hatte zweifelsohne ein kühler Wind über die Blütenflur der beiderseitigen Empfindungen gefegt. Freilich, hätten Beatrix' Eltern geahnt, von wannen dieser kühle Wind gekommen, sie hätten sich schwerlich im geheimen mit solchem Wohlbehagen die Hände gerieben.

Auf der Universität zu München hatte Theodor einen jungen Mann kennengelernt und nach wiederholter Begegnung von Herzen lieb gewonnen. Er hieß Kaspar Fridolin Sitterding und war Maler. Seine künstlerische Begabung trug einen ebenso liebenswürdigen Charakter wie seine ganze Person. Er malte Frühlings- und Herbststimmungen, die sich von den übrigen Hundert und Tausend ihrer Art durch nichts Außerordentliches unterschieden, ihnen aber auch in keiner Weise nachstanden. Was Theodor weit mehr fesselte, war sein überaus treuherziges Naturell, sein goldenes Gemüt und eine fast kindliche, unverwüstliche Heiterkeit. So schien Kaspar Fridolin Sitterding denn auch, wiewohl beinahe zehn Jahr älter als sein Freund, in seinem ganzen Wesen frischer, unberührter, wozu, außer dem großen blauen Auge, der Umstand nicht wenig beitragen mochte, daß sich in seinem freien Antlitz auch noch nicht der geringste Anflug von einem Barte bemerkbar machte. Als Theodor wenige Monate vor der Staatsprüfung seine Vaterstadt noch einmal besuchte, hatte er seinen Freund eingeladen, ihn zu begleiten; und als er ein halbes Jahr später als gemachter Mann denselben Weg antrat, war es dann jener gewesen, der ihn gebeten, er möchte ihn doch mitnehmen, da er in jener Gegend so ungemein dankbare Sujets entdeckt habe. So bekam Kaspar Fridolin Sitterding Beatrix zum zweiten Male zu sehen, und da konnte es nicht ausbleiben, daß beide die nahe

Verwandtschaft ihrer Naturen herausfühlten. Sie wurden quasi gute Kameraden, und Theodor empfand aufrichtige Freude daran. Bei der außergewöhnlichen Schönheit des Mädchens war es auch nicht mehr als selbstverständlich, daß der Künstler und beiderseitige Freund darum bat, sie porträtieren zu dürfen, und so brach denn das Unheil über Theodor herein, bevor er noch Zeit gefunden, sich nur einigermaßen der kritischen Sachlage bewußt zu werden. Ja, er wohnte sogar mit dem lebhaftesten Interesse und Vergnügen den jeweiligen Sitzungen in Sitterdings bescheidenem Atelier bei, ohne zu ahnen, welch ein zerstörungslustiger Satan ihm in dem werdenden Bild auf der Leinwand mit jedem Pinselstrich ein Stück seines eben der Vollendung entgegenreifenden Lebensglückes hinwegwischte.

Und als ihm schließlich die Schuppen von den Augen fielen, war es längst zu spät. Er sah so klar, daß es ihn fast der Sehkraft beraubte, wie zwischen seiner Verlobten und seinem Freund ein unvergleichlich reicherer, regerer Gefühlsaustausch, ein mächtigerer Zusammenklang, ein innigeres Verständnis möglich war, als es jemals zwischen ihr und ihm selber obgewaltet. Er sah, wie es für ihn nichts zu retten, höchstens noch mehr einzubüßen gab. Er sah, wie es nur noch eine Frage der Zeit war, wann sich die beiden ihrer Liebe bewußt werden würden. Er sah mit alledem einen schaurigen Abgrund zwischen sich und Beatrix gähnen; und im verzweifelten Versuch, diesen

Abgrund doch noch einigermaßen zu überbrücken, einer ausgesprochenen Feindschaft zum mindesten vorzubeugen, beschloß er, nach dem denkbar fürchterlichsten Seelenkampf selber zuerst das Losungswort auszusprechen, das Wort, das die Verhältnisse in ihrer wahren Gestalt erscheinen lassen sollte. Und noch hatte er es nicht über sich vermocht, seinen Entschluß auszuführen, als ihm Beatrix eines Tages schluchzend am Halse hing und ihn bei allem was heilig beschwor, ihr zu verzeihen; sie sei seiner unwürdig, er werde sicherlich eine Würdigere finden; übrigens sei er immer gut und verständig gewesen; er werde es auch jetzt sein; sie habe sich geirrt, sie habe allerdings geglaubt, ihn zu lieben; eigentlich habe sie ihn nur verehrt und hochgeschätzt, wie einen älteren Freund, etwa einen Onkel. Erst jetzt wisse sie, was Liebe sei; und er möchte doch um des Allmächtigen willen ihre Eltern nichts merken lassen, da sie die Verbindung mit Sitterding niemals zugeben würden, sie aber nicht von ihm lassen werde, und wollte man ihr mit glühenden Zangen das Fleisch vom Körper reißen. Was blieb Theodor anders übrig, als das Mädchen mit allen Mitteln zu beruhigen, ihr zu versichern, zu versprechen und zu beschwören, gut und verständig sein zu wollen. Zu gleicher Zeit hatte er die beste Gelegenheit, zu beobachten, wie sehr sich Beatrix in jüngster Zeit zu ihrem Vorteil verändert hatte. Aus ihren Blicken leuchtete ein nie zuvor von ihm bemerkter lichter Funke Genie, offenbar der

Widerschein aus dem großen blauen Auge ihres neuen Geliebten.

Kaspar Fridolin Sitterding wollte, als nunmehr auch ihm gewaltsam die Augen geöffnet wurden, ohne weiteres aufpacken und abreisen. Augenscheinlich litt er Höllenqualen unter dem Bewußtsein des Verrates, den er an seinem besten Freunde verübt. Nachdem aber Theodor nach Erschöpfung seiner ganzen Beredsamkeit keine Worte mehr fand, ließ er sich doch noch glücklich vom Äußersten zurückhalten und versprach zu bleiben. So war nun alles wieder in Ordnung. Die Liebenden schwammen in einem Wonnemeer, eine Lustbarkeit löste die andere ab. Man unternahm gemeinsame Spaziergänge, Ausflüge, Wasserfahrten etc., und Theodor durfte niemals fehlen. Beide hatten ihn während der Katastrophe über alle Maßen lieb gewonnen und sahen jetzt in seinem ernsten Wesen gewissermaßen ein solides Fundament, einen sicheren Schutz des eigenen leichtgefügten Glückes. Sein Ernst nahm zwar von Woche zu Woche zu, Theodor wurde bleicher, abgehärmter; aber das beachteten sie nicht, und er selber tröstete sich mit der festen Zuversicht, es werde seiner in soundso vielen Examinis bewährten Willensstärke schließlich doch auch noch gelingen, dieses an seiner Seele nagende Ungetüm zu erdrosseln.

Es gelang ihm nicht. Und als ihm die äußerste Not den Gedanken eingab, nun selber sein Bündel zu schnüren, besaß er zur Trennung bereits nicht mehr die nötige Kraft. Von nun ab begann in seinem Innern ein eigentlicher Zersetzungsprozeß. Der Zwiespalt zwischen der Rolle, die er übernommen, und seinen wahren Empfindungen zerfraß sein natürliches Gefühl, verschrob seine Begriffe und zerrüttete seine Gesundheit. Er schwankte fortwährend zwischen einer Untat gegen das Liebespaar und einem Verbrechen gegen sich selbst. Er lernte diese Art Gedanken liebgewinnen, er gefiel sich darin, und sie begleiteten ihn bei Tag wie bei Nacht. Vorbedingung dieses wüsten, unheimlichen Treibens war natürlich, daß er sich nach außen nicht das Geringste merken ließ. Nur bisweilen verließ ihn momentan die Fassung, und dann erschien er launenhaft. Im allgemeinen hielt er sich aber strenger denn je an die ihm von Beatrix einmal aufgebürdete Verhaltungsmaßregel „gut und verständig", wofür er sich dann freilich bei sich selber durch die absurdesten Rachepläne, durch die schauderhaftesten Phantasien um so gründlicher zu entschädigen suchte. Daß er darüber seine erst seit kurzem erworbene Praxis vollständig vernachlässigte, kümmerte ihn wenig, wiewohl dieser Umstand seinen übrigen Leiden auch noch die materielle Not hinzufügte. So war im Verlauf eines halben Jahres aus dem besten, dem solidesten, dem glücklichsten jungen Manne ein Ungeheuer, ein unberechenbarer böser Dämon geworden, wie gemeingefährlicher in keinem Irrenhause gefangen gehalten wird.

Kaspar Fridolin Sitterding hatte eine Kopie von Beatrix' Porträt nach München an die Kunstausstellung geschickt, wo das Bild sofort einen Käufer fand, ein Glück, das es nach dem einstimmigen Urteil aller nicht so begünstigten Aussteller mehr seinem Sujet als seinem Schöpfer verdankte. Die dafür ausgezahlte Summe setzte nun den Künstler in die Lage, einen lang gehegten Wunsch zu realisieren, der unter gegebenen Verhältnissen auch ganz dazu angetan schien, die Möglichkeit einer ehelichen Verbindung mit Beatrix näherzurücken. Es handelte sich um eine italienische Reise. Daß Beatrix ihn begleitete, ging natürlich nicht, und so versprach man sich wöchentlich zwei- bis dreimal zu schreiben, wobei, da Beatrix' Eltern immer noch nichts merken durften, Theodor die Vermittlung der Korrespondenz besorgen sollte. Theodor unterzog sich dem Auftrag mit gewohnter Bereitwilligkeit. Obwohl die ganze Reise nur auf den Rest des Sommers und den kommenden Winter bis Neujahr berechnet war, kostete die Trennung Beatrix doch reichliche Tränen; und da war es nun wiederum Theodor, der dieselben durch alle nur denkbaren Trostworte trocknete, während Sitterding voll froher Zuversicht in die Zukunft blickte. Nach einer ausgelassenen Abschiedsfeier reiste er ab und fuhr in einer Tour bis Neapel, wo er drei Monate nach seiner Ankunft an der Cholera erkrankte und starb. In Theodor, dessen elender Zustand sich während dieser Zeit dank seinem

Vermittleramt eher verschlimmert als verbessert hatte, richtete die Nachricht davon eine solche Verwirrung an, daß er nicht dazu kam, einen einzigen vernünftigen Gedanken zu fassen, sondern fortwährend lachte. Ganz dunkel schwebte ihm freilich das Bewußtsein vor, er müsse Beatrix schonen. Beatrix ahnte natürlich noch nichts. Sie hätte sonst wohl kaum am hellen Nachmittag so ruhig schlummernd im Garten in der Hängematte gelegen.

Theodor hatte sich, jedes Geräusch sorgfältig vermeidend, in einen Rohrstuhl zur Seite der Hängematte niedergelassen und Hut und Stock neben sich ins Gras gelegt. Mit unendlicher Gleichgültigkeit schweifte sein müdes Auge über die Schlummernde weg in unbegrenzte Ferne. In der Tiefe dieses Auges glomm es unstet düster wie ein einsames Irrlicht im nächtlichen Dunkel eines Waldgrundes.

Er schauderte zusammen und atmete auf. Ein in Briefform zusammengefaltetes schwarzgerändertes Papier, das er aus der Brieftasche gezogen, ließ er sich zwischen beiden Zeigefingerspitzen um seine Diagonale drehen. Es drehte sich schneller, wilder, und indem er dem Spiel zusah, mußte er lautlos lächeln. Dann glitt sein Blick von dem Papier auf die vor ihm ruhende Gestalt hinüber, glitt die schlanken Formen langsam auf und nieder und wieder zurück auf das Papier, und die starr geschlossenen Lippen lächelten nach wie vor.

Da plötzlich scheint ein Kampf in ihm zu entbrennen. Sein Gesicht beginnt in allen Muskeln zu zucken, fällt in raschem Wechsel aus einer Verzerrung in die andere. Wie eine Spindel schwirrt das Papier um seine Achse. Hastig fährt er mit dem Oberkörper nach vorn — sinkt aber sofort wieder in seine vorige Lage zurück und wird ruhig.

Er besinnt sich, schüttelt sich und steht im Begriff, das Blatt wieder einzustecken. Im nächsten Moment zuckt es zum zweitenmal in seinem blassen Antlitz auf, jählings grell wie der Blitz über einem Schlachtfelde. Und mit straff emporgezogenen Augenbrauen, den Mund mit den aufgeworfenen Lippen halb geöffnet, sich sachte, langsam, lauernd, vornüberneigend, ängstlich den Atem anhaltend, schiebt er mit zitternden Fingern die auf feinstes italienisches Velinpapier gedruckte Todesanzeige seines Freundes behutsam, vorsichtig unter den zierlichen Brustlatz der weißen Spitzenschürze, die in vielen Falten über das rot und weiß gestreifte knappe Waschkleid des Mädchens herunterfließt. Nicht minder geräuschlos lehnt er sich wieder zurück. Ganz unverkennbar ist ihm ein Stein vom Herzen gefallen. Indem er sich eine Zigarre anzündet, fällt sein Blick von neuem auf die Schlummernde. Nicht ohne Wohlgefallen verweilt er jetzt bei dem tiefen Frieden in ihren kindlich harmlosen Zügen. Er betrachtet mit Interesse ihren zwar etwas großen, aber weichgeformten, süßgeschlossenen Mund, diese himmlisch helle Stirne, die sanftgewölbten rosigen Lider mit den langen, dunkeln, schattigen Wimpern ...

„Grau in Grau! Grau in Grau. — Ich scheine keine Empfindung mehr zu besitzen für Licht und Schatten. Der Ekel an diesem eintönigen Quark hätte mich um den Verstand gebracht. Ich muß ihm Leben einflößen, ein wenig Witz, ein wenig Wallung. — Ich spiele hoch; aber heißt das hoch gespielt in solch erbärmlichen Zeiten? — Und dann ... ich kann ja den Einsatz noch zurückziehen. Hm, wenn ich ihn stehen ließe! — Ich ziehe ihn wieder zurück. — Feige Memme! Feige Memme! Feige Memme! Feige Memme! Feige Memme! Feige Memme! ...“

Da schlug Beatrix die Augen auf, deren blaue Sterne wie gebannt seinem Blicke begegneten. Der junge Mann parierte das Unerwartete kaltblütig mit der gelassensten Miene von der Welt; mit einemmal erschien er sogar abgespannt, gelangweilt. So spiegelte eine Schläfrigkeit die andere. Das Mädchen gähnte und war zu träge, seine schimmernden Zähnchen hinter der Hand zu bergen. Wohlig streckte es seine weichen Glieder, warf die der Schuhe entkleideten Füßchen übereinander, das Lockenköpfchen zur Seite, versuchte zu lächeln und gähnte wieder.

Kaum merklich schaukelte das luftige Ruhelager hin und her. In dem Apfelbaum Beatrix zu Häupten flogen zwitschernd zwei Sperlinge auf und verschwanden, in der klaren Luft sich verfolgend und überholend, jenseits der Gartenmauer.

„Ich danke dir, Theodor, daß du mich geweckt hast. Mir war eben, als habe mir jemand einen Schlag versetzt.“

Theodor hatte sich wieder in den Rohrstuhl gesetzt. Er schien allmählich ein wenig aufmerksam zu werden.

„Ja, ja, die gestörte Zirkulation, die unbequeme Haltung. Man sollte nie auf dem Rücken schlafen. Es ist in jeder Beziehung ungesund. Und dann noch mit dem Arm unter dem Kopf. Du kannst dir damit in der Tat einmal einen Herzschlag zuziehen, d. h. wenn du älter bist. — Was ich sagen wollte, auf deinen Dank, Beatrix, hab' ich keinen Anspruch. Du weißt, ich würde mich niemals unterfangen haben, deine Ruhe zu stören. Ich wollte eben wieder gehen.“

„Und wohin wolltest du gehen?“

„Das weiß ich noch so genau nicht.“

„Dann bleib lieber Theodor. Ist es nicht herrlich ruhig hier im Garten? Du kannst mir etwas erzählen oder vorlesen. Patienten wirst du ja doch wohl keine zu vernachlässigen haben? — Ach und was bringst du mir denn für Nachricht von ihm?“

Er lächelte. Diesmal war sein Lächeln das eines Kindes, das etwas weiß, was seine Geschwister noch nicht erfahren dürfen. Es stand ihm nicht übel, dieses harmlos geheimnisvolle Lächeln.

„Von welchem ‚ihm‘, wenn man fragen darf?“

„Wenn du nur immer recht entsetzlich langweilig sein kannst!“ Sie hatte sich ihm vollständig zugewendet und hing mit anmutiger Spannung an seinen Lippen. „O ich ahne, es muß etwas Erfreuliches, Überraschendes sein, daß du mich solange betteln läßt. — Aber nun sprich doch Theodor! Wie geht es ihm? Was macht sein großer ‚Sonnenuntergang‘? Rückt er seiner Vollendung entgegen? Aber so rede doch! Was weißt du überhaupt Neues von unserem Freund?“

Theodor sah zu Boden und murmelte dumpf: „Ich weiß, daß er aufgehört hat mein Freund zu sein.“

Beatrix erschrak.

„. . . mein Freund zu sein, seitdem er der Deine geworden. Beatrix, was würdest du sagen, wenn ich jetzt einen Rückfall bekäme. — Fürchtest du dich überhaupt nicht bisweilen vor mir?“

„— Ach nein, Theodor, du bist ja mein guter Engel.“

„Gewissermaßen hast du darin recht, liebe Beatrix. Du meinst, ich sei eben längst gestorben, tot, eingesargt und begraben und walte jetzt als eine Art von Geist über euch beiden.“

Resigniert hatte sich Beatrix zur Seite gelegt.

„Ich frage dich nach etwas Neuem. Ob du nichts Neues von ihm weißt.“

Und in ihrem Unmut schlug sie nach einer Fliege. Das ungenierte Insekt hatte sich den Brustlatz ihrer Schürze zum Korso auserlesen. Es summte davon, und die schlanke weiße Hand legte sich über den Gürtel.

„Allerdings weiß ich etwas Neues," bemerkte Theodor hastig. Aber dann wurde er sofort wieder feierlich. Seine Stirnfalten traten stärker hervor, das Auge schien sich unter die Brauen zu verkriechen. Seine Lippen bewegten sich, gaben aber keinen Laut mehr.

Beatrix lachte hell auf.

„Ha, diese Grimassen! Nein, wo denkst du hin. Bei deiner eigenen Schülerin verfängt diese Tragik nicht. Aber nun sei vernünftig und gib mir seinen Brief. Da darfst ihn mir dann auch vorlesen. Es wird mir sonst wahrhaftig noch schwindlig vor Langeweile."

„Bitte, bitte, Beatrix, habe Mitleid mit mir!"

Er sah sie plötzlich so traurig treuherzig an, als hätte sie ihn wirklich gekränkt. — „Denk dich doch nur einmal in meine Rolle, in die Rolle eines verliebten Sprachrohrs, einer schmachtenden Telegraphenstange. — Du weißt, wie das summt und brummt. Wenn du dein Ohr an eine Telegraphenstange legst. Glaub mir, so und noch viel ärger summt und brummt es nicht selten in meinem Innern. Du kannst es mir deshalb weiß Gott nicht verargen, wenn ich für meine Botschaft auch eine ganz bescheidene Belohnung beanspruche, weißt du, ein kleines Trinkgeld."

„Dazu müßt' ich in erster Linie den Wert deiner Botschaft ermessen können," entgegnete Beatrix gelassen, parlamentarisch, ohne ihn anzusehn.

„Sie wird dir interessant sein!“

„Hast du wohl schon erlebt, daß mir eine Botschaft von ihm nicht interessanter gewesen wäre als die gesamte übrige Welt?“

„Ich meine ausnehmend interessant, wichtig, bedeutungsvoll.“

Das Mädchen zitterte und bebte vor freudiger Erwartung, als sich Theodor nachdenklich erhob, um mehrmals auf dem Rasen auf und nieder zu gehen. Er fühlte, er war um Weg und Steg gekommen. Er mußte sich erst wieder orientieren. Er hatte den Abgrund, an dessen Rand er promenierte, gänzlich aus den Augen verloren. Und er starrte hinunter und sagte sich: „Scheusal! — Scheusal!“ — — „Feige Memme! — Feige Memme!“ hallte es ihm aus der Tiefe entgegen.

Da war ihm plötzlich, als trete ihn eine nicht zu überwindende Versuchung an, die Versuchung, schnurstracks umzukehren und sich gut und verständig zu betragen wie ehedem. Aber dann packte ihn ein Ekel, ein Abscheu davor, wie wir ihn nur vor unserer eigenen Person zu fühlen imstande sind. Er verzog das Gesicht, als hätte er Galle geschluckt. Und es riß ihn mit tausend Stricken wieder zum Abgrund.

„Scheusal — Scheusal — Scheusal,“ rief es in ihm. In seinem Innern wütete ein Massakre der widerstreitendsten Empfindungen, es war ein Niederwerfen und Abschlachten zwischen Geistern und Teufeln, die mit der erbarmungslosen Erbitterung eines Straßenkampfes um den Besitz der Feste rangen. „Scheusal“ und „Feige Memme!“ figurierten hüben und drüben als Schlachtrufe.

Und dieses Massakre hauste schon nahe an drei Minuten, ohne daß Beatrix, die ihm mit befremdeten Blicken folgte, aus seinem Benehmen hätte klug werden können, als plötzlich gleichsam ein schlauer Detektiv in der Maske eines Volksmannes einen Laternenpfahl erkletterte, die weiße Fahne schwenkte und eine Rede hielt. Daraufhin zog männiglich die Patrone aus dem Lauf, riß die Kokarde vom Hut, nahm die Flinte auf den Rücken und trollte sich nach Hause.

„Nun, und was hast du mir für eine Belohnung ausgedacht?“ fragte Theodor Winter, sich wiederum der Hängematte zuwendend.

Mit einemmal hatte sich nämlich der nüchternste Egoismus in seiner Seele breit gemacht. Beim Anblick des ihm wehrlos überantworteten, gewissermaßen testamentarisch zugefallenen reizenden Menschenkindes hatte sich die in seinem Innern schlummernde natürliche Begehrlichkeit nicht länger totschweigen lassen. Und er setzte seine ganze Denkkraft daran, wie sein unqualifizierter Vertrauensmißbrauch am besten wieder gut zu machen sei. Dabei empfand er eine Art von heldenhafter Genugtuung in dem Bewußtsein, die Versuchung, sich nur so für nichts und wieder nichts gut und verständig zu betragen, nun doch siegreich bestanden zu haben.

„Hör, Theodor, du bist heute die personifizierte Unverschämtheit,“ erwiderte Beatrix, aufs höchste indigniert. „Gib mir jetzt meinen Brief heraus. Er ist mein Eigentum.“

„Und mein Botenlohn?“ — Ganz allmählich wollte er sie vorbereiten, wollte ihr, wenn der Schmerz ihren Körper erschütterte, wie ein Seelsorger zur Seite stehen und sie schließlich, nachdem der erste Sturm vorüber, inbrünstig kniefällig um Verzeihung bitten.

„Dann laß mich wenigstens wissen, ob deine hochwichtige Botschaft denn auch eine erfreuliche ist,“ sagte Beatrix, die sich kaum mehr der Tränen zu erwehren vermochte.

„Was nennst du erfreulich, mein liebes Kind? — Für dich, für ihn oder am Ende gar für meine Wenigkeit?“

„Ich dächte doch, für alle drei.“

„Und wenn ich mich nun genötigt sähe, mit einem eine Ausnahme zu machen?“

„O du Egoist! Das kann mir und meinem Fridolin doch vollkommen gleichgültig sein. Du verlangst ja doch deinen Lohn, du gewinnsüchtiger Wucherer. — Aber nein, Theodor,“ fügte sie hinzu. „Komm, sei artig! Laß jetzt diese heillose Geheimniskrämerei! Sag's gerad heraus — hat er Glück gehabt?“

„Das hat er!“

„Gott im Himmel, wie dank ich dir!“

Beatrix richtete sich halb auf und holte tief Atem. Beide Arme in die Maschen des Netzes zurückgestemmt, drängte sie ihren Oberkörper vor, als gedenke sie sich irgend jemand rückhaltlos an die Brust zu werfen.

„Geliebter!“ — Sie sprach, wiewohl sie ihrem hervorbrechenden Herzensjubel keinerlei Zwang mehr auferlegte, dennoch mit weicher Stimme, einzelne Worte sogar beinah im Flüsterton. „O Fridolin, wie wirst du von jetzt ab die Tage, die Stunden zählen! Wie entfesselt wirst du dich fühlen, nun, da der Berg erklommen, und du als Gebieter in deinem Reiche, auf seinem Gipfel stehst! — O du mein gottgesegnetes Sonntagskind! Hinter dir Erfolg über Erfolg, eine goldene Stufenleiter; und vor dir das freudenreichste Lebensglück, das einem Sterblichen zuteil wird. O du mein Held, wie will ich dich hätscheln, dich kosen, um dich in deinem Mut zu stärken. Und wie glücklich will ich mich preisen, wenn es mir schließlich vergönnt ist, dir auch nur eine Stufe auf der Himmelsleiter deines Glückes zu sein! — — Schau, schau, ich kenne mich selbst nicht mehr. Die stolze Beatrix schwelgt in dem Gedanken, deine Sklavin zu werden. Ja sie lechzt gewissermaßen nach harter Bestrafung für jedes geringste Versehen in deinem Dienst. — Wie mochte das kommen? — O Theodor —“ Beatrix wäre beinah erschrocken, als ihr Blick die Züge ihres Freundes streifte, — „und du so finster, so frostig? — Theodor, das ist doch nicht schön von dir.“

„Nicht schön von mir?“ — Er warf den Kopf in den Nacken und starrte ihr ins Gesicht. Sie gewann unwillkürlich den Eindruck, als habe er eine Maske abgenommen und strecke ihr seinen nackten grinsenden Schädel entgegen.

Sie erbleichte. Es scheint ihm eben doch noch tiefer zu gehen, als er sich's merken läßt, dachte sie und sagte mit vor Schrecken bebender Stimme: „So war es ja nicht gemeint, mein armer guter Freund. Ich weiß wohl, du bist viel zu gut gegen uns. Wir haben das wahrlich nicht um dich verdient, ich am wenigsten. Aber ... nun du es ja doch verraten hast, lieber guter Theodor ... nun sag' mir doch auch, worin das Glück eigentlich besteht, das ihm widerfahren ist."

„Sein Glück besteht darin," war die kalte und ruhige Antwort, „daß er seinem Lebensziele unvermutet näher steht denn je."

„Fridolin hat einen Erfolg gehabt?" — Beatrix' Augen leuchteten. Sie schlug hell aufjauchzend die Hände zusammen. „O Theodor, verzeih mir! Verzeih mir! — Aber warum läßt du mich auch so lange betteln."

„Ich gedachte es dir allmählich beizubringen. Du weißt, du hast nicht das kräftigste Nervensystem."

„Daß du auch nie den Mediziner vergessen kannst! Aber das ist jetzt ja alles gleichgültig. Bring' es mir in Gottesnamen allmählich bei — Nun, und was schreibt er also?"

„Und mein Botenlohn?"

„Auch jetzt noch? — Alles, alles, was du verlangst!"

„Dann möchte ich mir die Gnade ausbitten, dir den Fuß küssen zu dürfen.“

„Meinen Fuß?!“ — Beatrix brach in ein helles Lachen aus. „Bist du nicht bei Trost? — Höre, lieber Theodor, so kurios wie heute bist du mir noch nicht vorgekommen? Was hast du nur?“

„Eine Botschaft, erhabene Königin.“

„Freilich, mein süßer Hofnarr. Aber mir scheint, du findest Geschmack daran, deine Herrin auf die Folter zu spannen. Soll ich's dir mit Block und Halseisen vergelten, du übermütiger Schalk? — Sieh doch, wie ich schon zittre vor Aufregung. Und das nennt ein Mediziner die Nerven schonen!“

„Ich bitte um die allergnädigste Erlaubnis“, (er ließ sich nicht irre machen; er sprach so eintönig, als gält es, einen auswendig gelernten Gesangbuchvers zu rezitieren) „um die allergnädigste Erlaubnis, auf jedes dieser allerliebsten Füßchen, wie ich sie hier unbedeckt in der Hängematte ruhen sehe, und wie sie kein Künstler der Welt, glaub' mir, nicht einmal er, in so weichen, herrlichen Linien darzustellen vermöchte — um die Erlaubnis bitte ich, auf jedes derselben in aller Ehrfurcht und Anbetung meine Lippen pressen zu dürfen.“

„Und ich bitte Sie, Herr Doktor, sich derartige Liebhabereien zu ersparen, bis Sie bei Ihrer Tänzerin sind!“ —

„Beatrix!“ —

Mit einem raschen Griff hatte sie den Saum

ihres Kleides über das in seinen weißseidenen Strümpfen allerdings reizend schimmernde Zwillingspärchen geworfen. Theodor aber hatte in den drei Silben so rückhaltlos sein ganzes bodenloses Elend zum Ausdruck gebracht, daß Beatrix, aufs höchste betroffen, ihre Entgegnung sofort bereute.

Und was hatte er sich auch so Verabscheuungswürdiges herausgenommen? — Er war nun einmal nicht wie andere. Manchmal war er das reine Kind und mußte durchaus mit Nachsicht behandelt werden. Und hatte er selber sie, Beatrix, nicht auch von jeher mit der denkbar größten Nachsicht behandelt? — Weiche, herrliche Linien — allerdings eine Ausdrucksweise, um nichts weniger unverschämt als — hm, es war nun einmal nicht zu leugnen — als unbedingt zutreffend. Aber ... aber ...

Aber wie sie über solch reumütigen Gefühlen gesenkten Köpfchens langsam die Augen aufschlug, da begegnete ihr Blick einem so heimlich, höhnisch überlegen triumphierenden Spott, daß sie unwillkürlich — sich auf die rosigen Lippen biß und sich nicht das Geringste merken ließ. Oh, darauf hatte er gewartet. Er hatte sie berechnet, hatte mit ihren heiligsten Empfindungen zu spielen gewagt. Oh, er kannte die Gewalt seiner Stimme, seiner Gebärden. Wie oft mochte er beides schon erprobt haben! Ihr Mädchenstolz bäumte sich auf bei diesen Erwägungen wie ein feuriger junger Araber vor einem mißgestalteten Ungeheuer.

„Theodor! Mein guter Engel! Mein süßer, verschmitzter Hofnarr du! Siehst du dort unten im Grase die Pantoffeln? Ja? Siehst du die weichen, herrlichen Linien daran? Ach Theodor, und erst diese blitzenden Schnallen! — Theodor, die magst du küssen, soviel du Lust hast!"

„Be—a—trix!"

Nein, zum Totlachen war es, wie feierlich, schauerlich, geradezu erschreckend grausig er dieses Wort zum besten gab! Hu, und welch ein Gesicht er dazu schnitt! Die reinste Leichenbittermiene! O dieser Schauspieler! Nicht anders, als hätte er einen Todesfall zu verkünden gehabt! Und das alles, alles — der eitle, eingebildete Tropf! — alles um seiner frivolen Grille willen! — — Nein, nein, lieber Freund; umsonst sind wir nicht jahrelang bei dir in die Schule gegangen. Wir können warten. Nein, jetzt bin ich dein ungeduldiges Täubchen nicht mehr, das sich in seiner Verliebtheit nach Gefallen gängeln und hänseln läßt. Jetzt bin ich deine erbittertste Feindin! — O du neidischer, du lüsterner Satyr, wie will ich dich züchtigen für diese Kränkung!

Und siehe, die Rachegöttin lächelte. — Lächelte so liebenswürdig, so reu- und wehmütig, so verständnisinnig-geheimnisvoll-vielsagend; dabei doch so unendlich zart, so kaum bemerkbar, ja offenbar so ganz gegen ihren eignen Willen: ein Lächeln, bei dem Mund und Auge bald spielen mit dem Schelm, der unaufhörlich von einem zum andern flattert. Ein Lächeln, bei dem das Auge seine volle Größe, seine volle Klarheit bewahrt und das Weiß der Zähne nur momentweise durch die dunkeln Lippen blitzt. Ein Lächeln, das, ehe sein Opfer einmal zur Besinnung kommt, mit quecksilberhafter Behendigkeit ein halbes Hundert der feinsten Nuancierungen durchzittert — kurz, die Rachegöttin lächelte so allgewaltig, wie ein einundzwanzigjähriges, blauäugiges, blondlockiges, schlankgebautes und durch und durch von Glück erfülltes Mädchen nur lächeln kann. Und unter dem Saum des weiß und rot gestreiften Waschkleides lauschte, lugte es hervor, furchtsam, vorsichtig, aufmerksam — eine weiße Maus! Die Hängematte mußte irgendwie einen leisen Anstoß erhalten haben. Sie wiegte sich sachte, wie in Gedanken, von einer Seite zur andern...

„Siehst du, Theodor? Und wenn du mir nun versprichst, ganz artig zu sein... aber ganz artig! ... Theodor, willst du mir das versprechen? Ja? Auf Ehrenwort? — So, das ist brav von dir. Siehst du, wenn du mir das versprichst, dann darfst du mir auch beim Anziehen behilflich sein. Sie sind mir nämlich etwas zu eng; nur um eine Kleinigkeit. — Wie? Das sei nicht wahr? — O du putziges Schmeichelkätzchen! — Hm, du wirst es ja sehen. — Komm, knie her und walte deines Amtes! — Aber artig! Nicht wahr, Theodor; ganz, ganz artig sein! — Bilde dir ein, du seist ein kleines Mädchen."

Und dieser Theodor war eben nichts weniger mehr als ein heiliger Antonius Eremita. An der

Strategie dieses kurzen Feldzuges ging sein bisheriges bißchen Selbstbeherrschung vollständig in die Brüche. Was Wunder! Seine besten Kräfte lagen erschlagen auf einem anderen Schlachtfelde, und so fiel er, ohne es zu merken, widerstandslos in die Gewalt seiner mächtigen Gegnerin.

Wie vor einem Heiligenbilde war er vor dem Mädchen zur Erde gesunken. Das besagte Schuhwerk hatte er hastig an sich gerissen und hielt es ängstlich zwischen beiden Händen, als wär es glühend oder aus Glas verfertigt und als fürchtete er, es mit täppischem Finger zu zerbrechen. Er staunte es an mit der vollen Andacht eines Reliquienverehrers. Und indem er sein Möglichstes tat, die Erfüllung des Auftrages hinauszuschieben, genoß er mit der Umsicht, mit der Gründlichkeit eines Feinschmeckers, der sich schmerzlich bewußt ist, daß die Herrlichkeit in dem Augenblick ein Ende nimmt, wo der saftige Bissen über die gefühlvolle Zungenwurzel hinuntergleitet.

Beatrix saß aufrecht wie in einer Schaukel und bot dem vor ihr Knienden unbefangen ihre Füßchen dar. Theodor befand sich in der bemitleidenswertesten Verwirrung. Mehr als einmal blieb sein irrender Blick an den zwei silbernen, buntemaillierten Schmetterlingen haften, mit denen der obere Teil von Beatrix' Schürze am Kleid befestigt war. Aber die straffen Falten hoben und senkten sich dort so ruhig, so gleichmäßig, wie bei einer Schlafenden; und wie der blaue Himmel über die schöne Welt strahlte des Mädchens klares Auge darüber hernieder.

Und nun schien er den einen der beiden Füße bekleiden zu wollen. Doch nein; er zog den Pantoffel wieder zurück, wendete ihn um und betrachtete forschend die Innenseite...

„Siehst du nun? — Ich wußte, es werde seine Schwierigkeiten haben," flüsterte die Siegerin.

Die Pantoffeln waren im Rokokostil gebaut. Eine spitz zulaufende Sohle; ein hoher, geschweifter Hacken, und nur die vordere Hälfte von flohbraunem Saffian überwölbt. Den Saffian schmückte eine blanke stählerne Schnalle. Da somit der hintere Teil nur aus Hacken und Sohle bestand, so konnte, ganz davon abgesehen, daß sich das Mädchen in der Tat eines kleinen Fußes erfreute, von „zu eng" im Traum nicht die Rede sein.

Mit losem Finger erfaßte Beatrix ihr Kleid dicht über dem Knie und zog es langsam so weit empor, daß der untere Saum zögernd die schmalen zartgebildeten Fußgelenke sichtbar werden ließ.

„Aber Theodor, worauf besinnst du dich eigentlich?" In ihrer Stimme klagte die liebenswürdigste Ungeduld. „Bist du denn wirklich zu gar nichts nütze? — Soll ich mein Mädchen kommen lassen? — Oder", fügte sie mit dem mütterlich-milden Ausdruck einer Tizianschen Madonna in ihren ruhigen Zügen hinzu — „oder findest du den Botenlohn noch immer nicht hoch genug?"

Trübselig träumend schüttelte Theodor den Kopf.

„Nein, nein, Beatrix, du brauchst dein Mädchen nicht zu rufen. Glaub' mir, auch zur Kammerzofe besitze ich Veranlagung. Was bin ich dir nicht alles schon gewesen! Zuerst dein Lehrer, wie du anerkennend hervorhebst; dann dein Bräutigam und schließlich dein Postillon d'amour. — Beatrix, du solltest deiner Kammerzofe den Abschied geben, damit meine Talente nicht verlorengehen."

Und wiederum nähert sich der linke Pantoffel dem linken Fuß, zaghaft, schüchtern, wie der Tauber dem Täubchen. Kaum aber haben die bebenden Finger diesmal Ferse und Fußspitze berührt, als sie das Schuhwerk fallen lassen, und der junge Mann den wehrlos Gefangenen inbrünstig an die Lippen preßt. — In demselben Augenblick jedoch fühlt er sich von dem freigebliebenen Rechten dergestalt vor die Brust getroffen, daß er jeden Halt verlierend rückwärts zu Boden taumelt. Während des Fallens tastet er noch nach dem neben ihm stehenden Rohrstuhl. Statt sich aber daran halten zu können, reißt er auch diesen zur Erde. Indessen wird ihm Nacht vor den Augen.

Und noch lag der verliebte Doktor der Länge nach im Grase — Beatrix hatte ihren Triumph nur durch ein kurzes verhaltenes Auflachen gefeiert — da fand dasselbe in dem Hause, an das der Garten stieß, auch schon ein um so kräftigeres Echo. Es war, als hätte dort alles auf diesen Moment gewartet. In den hohen offenen Fenstern der Beletage lachen Beatrix' Eltern, daß ihnen das Wasser in den Augen glänzt. Im zweiten Stock lacht ein alter Oberst, dessen lange Pfeife an der Außenwand des Hauses fröhlich auf- und niedertanzt; zwei Fenster weiter lacht seine dicke Haushälterin. Offenbar hatten sämtliche Hausbewohner den Verlauf der Gartenszene seit einer Weile verfolgt. Dazwischen tönt aus höchster Höhe theatralisches Händeklatschen. Es kommt aus dem Dachstübchen eines jungen Musikanten, der für die hübsche Tochter seines Hausherrn von jeher eine stumme Verehrung gehegt; wogegen hinter den vergitterten Parterrefenstern ein Geräusch vernehmbar wird, als würden blecherne Pfannendeckel in begeistertem Rhythmus aneinandergeschlagen.

Und so lacht, klatscht und dröhnt es noch geraume Weile fort, als derjenige, dem die Verhöhnung gilt, bereits aufgesprungen ist und ohne zuvor seinen schwarzen Rock von Erde und Staub zu reinigen, mit der Schnelligkeit eines ausgepfiffenen Komödianten dem Garten den Rücken gekehrt hat.

Die Siegerin saß regungslos wie eine Bildsäule. Dunkle Schamröte überflutete ihr Antlitz. Sie wagte kein Glied zu rühren.

Am Abend desselben Tages hatten sich Beatrix' Eltern eben zur Ruhe gelegt, als sie durch einen einmaligen, gellenden, markerschütternden Schrei emporgeschreckt wurden. Er kam nebenan aus dem Schlafgemach ihrer Tochter. Im Nachtgewand, wie sie waren, stürzten beide hinüber und fanden ihr Kind noch angekleidet, nur die Schürze vom Leib gerissen, bewußtlos auf dem Rücken am Boden liegen. Der niedliche blonde Lockenkopf hatte sich unnatürlich stark in den Nacken zurückgebogen, beinah als wäre er in den Fußboden eingesunken, so daß Hals und Kinn hoch emporgereckt erschienen; und da der Körper in der Richtung nach der Türe hin auf die Diele aufgeschlagen war, so fielen die entsetzten Blicke der Eltern direkt in ein total erstarrtes Antlitz, dessen Weiße mit den Linnen des zur Seite stehenden Bettes wetteiferte, und dessen weitaufgerissene Augen nur noch in ihren inneren Winkeln je ein kleines Stück der tiefblauen Sterne sichtbar werden ließen. Die gute Mutter sank bei diesem grauenvollen Anblick nach wenigen Sekunden sprachlos ohnmächtig in die Knie.

Derweil hatte der Vater schon mehr denn zehnmal mit kläglicher Stimme den Namen seines Kindes und dazwischen noch lauter denjenigen der Kammerzofe gerufen, als sich Beatrix wirklich zu regen begann. Der Alte preßte ein „Gott sei gelobt“ hervor, bemerkte aber bald, daß dieses langsame Sichdehnen des Körpers nicht sowohl eine Lösung des krankhaften Zustandes als vielmehr erst den eigentlichen Ausbruch einleitete. Die Glieder begannen zu zucken. Die Zuckungen wurden mit jedem Male heftiger. Die Augensterne verließen ihr Versteck und rollten zwischen den tränenden Wimpern umher, als suchten sie nach einem Ausweg. Darauf wurde der zarte Körper von einer Seite zur anderen gerüttelt; das eben noch kalkweiße Gesicht und die zusammengekrampften Hände hatten sich plötzlich so blau gefärbt wie Kornblumen; Arme und Füße begannen sich wie gegen gewalttätige Angriffe zu wehren; aus den violetten Lippen trat dichter Schaum, und nun erfolgte ein Aufbäumen und Wälzen nach links, nach rechts, so daß der alte Mann nach vergeblichen Versuchen, die Bewegungen durch sanfte Gewalt zu hindern, schließlich alles daran setzen mußte, um nur wenigstens durch Hinwegräumen der nächststehenden Möbel sein Kind vor Verletzungen zu bewahren.

Sämtliche Hausbewohner in Schlafröcken, Unterkleidern, Nachtgewändern und Negligés hatten sich indessen vor der offenen Türe des engen Gemachs eingefunden, und die Zofe war zum Hausarzt gelaufen. Der Herr Doktor sei eben zu einer Patientin gerufen worden, müsse aber bald wieder zurück sein und werde dann gleich hingehen. Als sie sich wieder unten auf der Straße befand, fiel ihr ein, daß Herr Theodor Winter eigentlich auch ein praktischer Arzt sei; und sie eilte vor seine Wohnung und klingelte. Nach einer Weile öffnete sich ein Fenster des dritten Stocks, und das Mondlicht beleuchtete eine umfangreiche Nachthaube.

„Der Herr Doktor möchte doch so freundlich sein und so rasch wie möglich nach Luisenstraße 15 kommen."

„Der Herr Doktor sind diesen Nachmittag überfahren worden und haben sich wahrscheinlich den Fuß gebrochen," entgegnete eine verschlafene Altstimme. „Wir haben ihn ins Spital schaffen müssen. Luisenstraße 15 sagen Sie? — Warten Sie mal, wenn Sie so freundlich sein wollen."

Die Nachthaube verschwand und die Zofe suchte in der Eile nach besten Kräften soviel wie möglich zu kombinieren, bis ihr ein verschlossenes Billett vor die Füße fiel. Sie hob es auf und blickte am Haus empor.

„Nicht wahr, Sie sind schon so freundlich!" ließ sich die mondbestrahlte Nachthaube wieder vernehmen. „Es hätte schon heute Abend bestellt werden sollen, aber mein Gott, all der Trubel mit dem Eis und den Dienstmännern. — Man kann auch nicht an alles denken. Angenehme Ruh." — Das Fenster klirrte, und der Mond badete sich in den Scheiben.

Da die Zofe nun keine Hilfe weiter mehr wußte, eilte sie, den Brief in der Hand, beklommenen Herzens nach Hause, wo sie die Verhältnisse tröstlicher antraf als sie gefürchtet. Beatrix lag entkleidet, in Schweiß gebadet im Bette und schlief unter schweren Atemzügen. Auch ihre Mutter hatte sich dank den Hoffmannschen Tropfen einer Hausgenossin wieder erholt. Der Alte, nunmehr im Schlafrock, kauerte noch immer zitternd vor Aufregung in einem Lehnsessel. Er entriß der Zofe das Billett, ohne ihren Bericht abzuwarten, und da er sah, daß es an die Kranke adressiert war, erbrach er es mit bebender Hand. Er entzifferte mühsam folgende mit Bleistift gekritzelte Zeilen:

Liebe Beatrix!

Das Strafgericht ist rascher über mich hereingebrochen, als einer von uns vermutet hätte. Bitte erschrick nicht, aber komm, wie Du gehst und stehst. Ich liege im Spital und erwarte Dich unter unsäglichem Bangen. Wenn Du nicht zu spät sein willst, so verweile Dich keine Sekunde. Der geringste Verzug könnte Deine Bemühungen zwecklos machen. Auch harrt Deiner noch eine wichtige Mitteilung. Ohne Aufschub also, ich beschwöre Dich, Beatrix. Die letzte Nachricht von Fridolin werd' ich Dir dann ebenfalls einhändigen. Bedaure mich nicht. Verzeih mir. Noch eines. Wenn Du mir noch eine Freude bereiten willst, so komm in der Spitzenschürze, die Du heute trugst. Ich möchte Dich so gerne noch einmal darin vor mir sehen. Vergib mir. Dein Theodor."

Beatrix' Vater hatte diesen Brief eben zum fünftenmal aufmerksam durchgelesen, ohne sich noch das Geringste dabei denken zu können, als der Hausarzt erschien, welcher absolute Ruhe verordnete.

Erst nach zweieinhalb Jahren stellte sich bei Beatrix die erste Wiederholung des Anfalls ein.

Theodor Winter trug einen Klumpfuß davon. Er hinkte bis an sein Ende.

Brettlieder

Galathea

O, wie brenn' ich vor Verlangen,
Galathea, schönes Kind,
Dir zu küssen deine Wangen,
Weil sie so verlockend sind.

Daß ich auch die Gnade fände,
Galathea, schönes Kind,
Dir zu küssen deine Hände,
Weil sie so verlockend sind.

Und was tät ich nicht, du süße
Galathea, schönes Kind,
Dir zu küssen deine Füße,
Weil sie so verlockend sind.

Und mich treibt der Pulse Stocken,
Galathea, schönes Kind,
Dir zu küssen deine Locken,
Weil sie so verlockend sind.

Aber deinen Mund enthülle,
Mädchen, meinen Küssen nie,
Denn in seiner Reize Fülle
Küßt ihn nur die Phantasie.

Der Tantenmörder

Ich hab' meine Tante geschlachtet,
Meine Tante war alt und schwach;
Ich hatte bei ihr übernachtet
Und grub in den Kisten-Kasten nach.

Da fand ich goldene Haufen,
Fand auch an Papieren gar viel
Und hörte die alte Tante schnaufen
Ohn' Mitleid und Zartgefühl.

Was nutzt es, daß sie sich noch härme —
Nacht war es rings um mich her —
Ich stieß ihr den Dolch in die Därme,
Die Tante schnaufte nicht mehr.

Das Geld war schwer zu tragen.
Viel schwerer die Tante noch.
Ich faßte sie bebend am Kragen
Und stieß sie ins tiefe Kellerloch. —

Ich hab' meine Tante geschlachtet,
Meine Tante war alt und schwach;
Ihr aber, o Richter, ihr trachtet
Meiner blühenden Jugend-Jugend nach.

Die sieben Heller

Großer Gott im Himmel, sieben
Heller sind mir noch geblieben!
Was nur fang' ich armer Mann
Mit den sieben Hellern an.

Tod und Teufel, wären's zwanzig,
Tanzte gleich noch einen Tanz ich
Auf der Bühne buntbemalt,
Wo man zwanzig Heller zahlt!

Wären's fünfzehn! — Einen Teller
Wurst kauft man für fünfzehn Heller.
Hungrig bin ich so wie so;
Eine Wurst macht lebensfroh.

Ach, und wären's auch nur zehne!
Ein Schluck Bier, den ich ersehne,
Ist er gleich ein wenig klein,
Muß für zehne käuflich sein.

Aber sieben, sieben ganze
Rote Heller, nicht zu Tanze,
Nicht zu Wurst und nicht zu Bier,
Gar zu nichts verwendbar mir —!

Lehr' mich du , o Fürst der Hölle,
Was tät'st du an meiner Stelle,
Wenn im Beutel du zuletzt
Nur noch sieben Heller hätt'st? —

Alsbald zieht der große Weise
Seine düst'ren Zauberkreise,
Spuckt nach rechts und links und spricht:
Hör' mich an, du armer Wicht!

Kommt bei Wettersturm und Regen
Dir ein Bettelkind entgegen,
Schwarz von Auge, schwarz von Haar,
Busen im Entwicklungsjahr,

Wirf ihr deine sieben Heller
In des Hemdes losen Göller,
Sag' ihr, sie sei engelschön,
Schweig und heiß sie weitergehn!

Du hast Freude, sie hat Freude,
Freuen werdet ihr euch beide;
Meine Freude hab' auch ich,
Segne und belohne dich!

Brigitte B.

Ein junges Mädchen kam nach Baden,
Brigitte B. war sie genannt,
Fand Stellung dort in einem Laden,
Wo sie gut angeschrieben stand.

Die Dame, schon ein wenig älter,
War dem Geschäfte zugetan,
Der Herr ein höherer Angestellter
Der königlichen Eisenbahn.

Die Dame sagt nun eines Tages,
Wie man zu Nacht gegessen hat:
Nimm dies Paket, mein Kind, und trag' es
Zu der Baronin vor der Stadt.

Auf diesem Wege traf Brigitte
Jedoch ein Individuum,
Das hat an sie nur eine Bitte,
Wenn nicht, dann bringe er sich um.

Brigitte, völlig unerfahren,
Gab sich ihm mehr aus Mitleid hin.
Drauf ging er fort mit ihren Waren
Und ließ sie in der Lage drin.

Sie konnt' es anfangs gar nicht fassen,
Dann lief sie heulend und gestand,
Daß sie sich hat verführen lassen,
Was die Madam begreiflich fand.

Daß aber dabei die Turnüre
Für die Baronin vor der Stadt
Gestohlen worden sei, das schnüre
Das Herz ihr ab, sie hab' sie satt.

Brigitte warf sich vor ihr nieder,
Sie sei gewiß nicht mehr so dumm;
Den Abend aber schlief sie wieder
Bei ihrem Individuum.

Und als die Herrschaft dann um Pfingsten
Ausflog mit dem Gesangverein,
Lud sie ihn ohne die geringsten
Bedenken abends zu sich ein.

Sofort ließ er sich alles zeigen,
Den Schreibtisch und den Kassenschrank,
Macht die Papiere sich zu eigen
Und zollt ihr nicht mal mehr den Dank.

Brigitte, als sie nun gesehen,
Was ihr Geliebter angericht',
Entwich auf unhörbaren Zehen
Dem Ehepaar aus dem Gesicht.

Vorgestern hat man sie gefangen,
Es läßt sich nicht erzählen wo;
Dem Jüngling, der die Tat begangen,
Dem ging es gestern ebenso.

Rückblick

Wie hab ich nun mein Leben verbracht?
Hab viel gesungen, hab viel gelacht,
Unzähligen Menschen Freude beschert,
Doch den Fröhlichen stets lieber zugehört.
Denn mein Gedicht, wenn man's nicht übel nimmt,
War immer zuerst nur für mich bestimmt.
Und ward's mit den Jahren wesentlich stiller,
Mir selber pfeif ich noch oft einen Triller
Im Genusse der höchsten Lebensgabe,
Daß ich nie einen Menschen verachtet habe.
Nur mit Einem lag ich in ewigem Streit,
Mit dem hohlen Götzen der Feierlichkeit.
Denn ein vornehmer Mensch ist selbstverständlich,
Macht nicht seine Vornehmheit extra kenntlich
Und wird sich mit größtem Gewinn bequemen,
Den eigenen Wert nicht ernst zu nehmen,
Weil ihm die, so er sich zu Gast gebeten,
Dann reicher und freier entgegentreten. —
Und wenn nun das Trugbild mählich entschwebt,
Dann sag ich: Ich habe genug gelebt
Und verspüre wahrlich kein großes Verlangen,
Die Übung noch einmal von vorn anzufangen,
Denn für den einzelnen der Ertrag
Ist plus minus null für jeglichen Tag.
Was aber irgend übrigbleibt,
Wird der Kraft der Lebendigen einverleibt.

Strindbergs Werke
Deutsche Gesamtausgabe

Unter Mitwirkung von E. Schering als Übersetzer vom Dichter selbst veranstaltet

Novellen

Heiraten. Zwanzig Ehegeschichten.

Schweizer Novellen. (Die Utopie in der Wirklichkeit. Eine Friedensnovelle – Die Studentin oder Neubau – Russen im Exil oder Rückfälle – Über den Wolken – Die Möwen – Auf zur Sonne – Der Kampf der Gehirne – Das Märchen vom Sankt Gotthard.)

Das Inselmeer. Drei Novellenkreise.

Märchen und Fabeln.

Drei Moderne Erzählungen. (Der Sündenbock – Richtfest – Quarantäne.)

Schwedische Schicksale und Abenteuer.

Kleine Historische Romane. (Tschandala – Eine Hexe – Die Insel der Seligen.)

Historische Miniaturen.

Schwedische Miniaturen.

Lebensgeschichte

Der Sohn einer Magd. Mit dem nachgelassenen Vorwort.

Die Entwicklung einer Seele.

Die Beichte eines Toren.

Inferno-Legenden.

Entzweit – Einsam. Mit der nachgelassenen Einleitung.

Georg Müller Verlag München

Strindbergs Werke

Deutsche Gesamtausgabe

Unter Mitwirkung von E. Schering als Übersetzer vom Dichter selbst veranstaltet

Gedichte

Sieben Zyklen-Gedichte.

Wissenschaft

Unter französischen Bauern.

Natur-Trilogie. Blumenmalereien und Tierstücke – Schwedische Natur – Sylva Sylvarum.

Das Buch der Liebe. Ungedrucktes und Gedrucktes aus dem Blaubuch.

Dramaturgie. (Die Kunst des Schauspielers – Das Intime Theater – Das historische Drama – Shakespeare – Faust.)

Ein Blaubuch. Die Synthese meines Lebens. I. Band.

Ein neues Blaubuch. Die Synthese meines Lebens. II. Band.

Ein drittes Blaubuch. Nebst dem nachgelassenen Blaubuch.

Nachlaß

Moses, Sokrates, Christus. Eine welthistorische Trilogie. Mit der Einleitung „Der bewußte Wille in der Weltgeschichte".

Briefe

Briefe ans Intime Theater.

Briefe an Emil Schering, 1894–1912.

Jeder Band geheftet M. 6.—, geb. M. 8.—, in Leinen M. 10.—.

Man verlange den Strindberg-Prospekt.

Georg Müller Verlag München

Druck: R. Oldenbourg, München

www.ingramcontent.com/pod-product-compliance
Lightning Source LLC
Chambersburg PA
CBHW060805310726
48980CB00002B/236

* 9 7 8 3 8 4 6 0 9 5 8 5 0 *